ÉTUDE EN ROUGE

Sir ARTHUR CONAN DOYLE

Sherlock Holmes
Étude en rouge

PRÉFACE DE GERMAINE BEAUMONT

TRADUCTION DE PIERRE BAILLARGEON

LE LIVRE DE POCHE

NAISSANCE DE SHERLOCK HOLMES

Toutes les formes de littérature ont leurs chefs-d'œuvre, et quiconque reconnaît à la littérature policière un droit de cité de plus en plus éminent dans la littérature ne peut que saluer avec respect la mémoire de Sir Arthur Conan Doyle.

Mais dès maintenant je m'incline devant une des plus extraordinaires identifications entre l'homme et l'œuvre, ou plutôt entre l'écrivain et le personnage créé par son génie. Car, pour des milliers de personnes, pour des milliers de lecteurs, la personnalité de Conan Doyle s'est confondue avec celle de Sherlock Holmes. En fait, alors que Conan Doyle mourait en 1930 (il était né en 1859), un pareil destin avait été refusé à Sherlock Holmes, par une sorte de plébiscite. En effet, lorsque Conan Doyle usa de son droit de créateur en le faisant périr, à la suite d'une ultime aventure, un tel concert de protestations s'éleva de tous les points du monde, que Conan Doyle dut ressusciter son héros. Depuis, la vie imaginaire de Sherlock est devenue une survie en dépit des goûts, des modes, des révolutions dans l'art et la pensée imposés par deux guerres successives, et cela grâce à l'originalité de sa personne et à la hardiesse de ses méthodes.

Certes, une stylisation superficielle et hâtive de ces méthodes peut en faire ressortir actuellement le côté systématique, mécanique même du fait de son rythme. Il n'en reste pas moins que ces méthodes ont posé une fois pour toutes, en matière de détection, des lois définies par Sherlock lui-même au cours de sa première apparition dans la fiction policière (*Etude en rouge*). En un mot, quand elles ont établi la « Science de la Déduction », c'est-à-dire quand elles ont introduit dans les procédés alors en vogue, et reposant largement sur la délation ou sur la chance, la quasi-infaillibilité de l'observation, du raisonnement et la nécessité, pour devenir un brillant détective, de porter au superlatif l'analyse de l'*indice*.

Ce n'était pas le seul apport de Conan Doyle à la complexité du personnage de Sherlock Holmes. Il avait déjà lui-même donné ses preuves dans d'autres domaines, comme historien d'abord. N'était-il pas l'auteur de *Micah Clarke, La Compagnie blanche, Les Réfugiés, Sir Nigel, La Tragédie du Korosko, L'Oncle Bernac, Les Aventures du brigadier Gérard* ? Ne se reconnaissait-il pas comme lecteur fervent de Walter Scott et d'Edgar Poe ? N'était-il pas déjà penché, dans son amitié pour H.G. Wells, vers la science-fiction ? N'avait-il pas lu, encore qu'il en parlât par la voix de Sherlock Holmes avec quelque dédain, notre Gaboriau, et emprunté quelques traits à son M. Lecoq ?

C'est d'ailleurs l'universalité de sa culture, de ses curiosités, de ses penchants, de ses dons, qui anime son œuvre policière d'un tel souffle de vie. Homme robuste et fort, courageux et sportif, il était beaucoup plus désigné pour la vie au grand air, les randonnées, les explorations, les sports (il aimait la boxe et fut un des premiers automobilistes) que pour les longues heures de réclusion imposées par une œuvre littéraire considérable.

Mais si reclus qu'il pût demeurer et pendant des périodes fréquentes et prolongées, la vie contemporaine affluait vers lui comme les souffles de Londres à travers les fenêtres toujours mal jointes, hélas ! de son domicile, au 221 b, de Baker Street, bientôt plus célèbre que Scotland Yard. Il suffit de lire *in extenso* les aventures de Sherlock Holmes pour mesurer combien l'œuvre de Conan Doyle est en fonction des événements, et de noter le reflet dans l'expérience de l'écrivain des métamorphoses qu'imposait le déroulement de la vie insulaire et mondiale. Ainsi voyons-nous Sherlock Holmes passer de l'ère victorienne, si marquée dans *Etude en rouge* et *Le Signe des Quatre*[1], à l'époque edwardienne, puis s'acheminer, par le XXᵉ siècle débutant, jusqu'à la première guerre mondiale.

Dans *Etude en rouge*, c'est une Amérique encore sillonnée par les chariots des longues caravanes, qui promène son étrange fanatisme religieux en quête d'un gîte définitif. Dans *Le Signe des Quatre*, c'est encore le vieil empire britannique qui fait refluer vers le Londres mystérieux et enfumé de la reine Victoria, le relent chargé d'épices des grandes possessions d'outre-mer. Et plus particulièrement de l'Inde qui avait pour barde Rudyard Kipling et regorgeait des trésors fabuleux point encore galvaudés par les romanciers de second ordre.

L'Inde fulgurait encore comme un vitrail au couchant, quand Sherlock Holmes songea aux détours infernaux de la longue et inexorable vengeance du *Signe des Quatre*. Peu à peu, cette Inde de Cawnpore, de Nana Sahib et des vice-rois s'effacera. Mais, au temps de Nehru, c'est avec nostalgie que le lecteur, fuyant le morne alignement des peuples les uns sur les autres, remontera vers l'imagerie fabuleuse des époques perdues, et vers un pittoresque devenu à notre époque aussi inconcevable que l'étaient, au temps de Sherlock Holmes, les tapis volants.

Mais d'où que vinssent les motifs exotiques et profonds des drames, il leur fallait toujours, tôt ou tard, aboutir à Londres. Qui pourrait, par-delà ce Londres éventré et reconstruit, ne pas retrouver, l'ayant adorée, l'atmosphère de l'énorme ville d'avant guerre avec ses infinies possibilités de mystère. Un écrivain

1. Le Livre de Poche n° 3115.

anglais eut l'idée un jour de dresser une carte du Londres de Dickens. Que ne suis-je restée là-bas pour tracer celle des rues, des allées, des impasses où Sherlock Holmes promena sa significative silhouette de globe-trotter de la détection. Si vaste, si secret par endroits, si inconnu même que puisse être encore Paris, il restera quand même accessible et lisible et même raisonnable, à côté du Londres des cabs et des four-wheelers et du fanal des pubs ouvrant des sillons jaunes dans les rues vides glissantes de pluie. Ainsi le fanal d'une barque dérivant à marée montante sur la Tamise, en éclaire par touches furtives et reflets clandestins les boueuses profondeurs.

Oh, il y a là un Londres qui ne s'efface pas des mémoires et tel que Gustave Doré, pour celui qui ne le parcourut point, en a traduit les inoubliables images. Le Londres du paupérisme et des mendiantes en chapeau, des voleurs de chiens et des orgues de Barbarie, et des camelots en habits cousus de boutons de nacre. Le Londres surpeuplé, compact, fêlé dans sa massive défense contre les intrusions de la police et du progrès, par le dédale des ruelles, des impasses et l'infiltration fluviale des docks.

C'est dans ce Londres-là que va se faufiler au début de sa carrière une silhouette plus familière — à mes yeux du moins — que ne le sera jamais aujourd'hui celle de son émule Maigret.

Mais comment était-il, ce nouveau venu d'une telle importance, d'une si magique vitalité ? « Il mesurait plus d'un mètre quatre-vingts, mais il était si excessivement mince qu'il paraissait beaucoup plus grand. Ses yeux étaient vifs et perçants (sauf pendant ses périodes d'atonie). Son nez, aquilin et fin, donnait à sa physionomie un air attentif et décidé. La forme carrée et proéminente de son menton indiquait aussi l'homme volontaire. Ses mains étaient toujours tachées d'encre ou maculées de produits chimiques, cependant il possédait une extraordinaire délicatesse de toucher. »

A cette description visuelle, faut-il ajouter les notations du fidèle Watson, ami, observateur, collaborateur, l'Eckermann en somme de ce Goethe ? Mais comment résister au plaisir de citer ce fameux portrait mental ?

SHERLOCK HOLMES
Ses connaissances :

1. En littérature. — Nulles.
2. En philosophie. — Nulles.
3. En astronomie. — Nulles.
4. En politique. — Faibles.
5. En botanique. — Spéciales. Est calé sur la belladone, l'opium, tous les poisons en général. Ne connaît rien au jardinage.
6. En géologie. — Pratiques mais restreintes. [...]
7. En chimie. — Approfondies.
8. En anatomie. — Exactes, mais sans système.
9. En littérature à sensation. — Immenses. Semble posséder tous les détails de chaque crime horrible commis au cours du siècle.
10. — Joue bien du violon.
11. — Est très adroit à la canne, à la boxe, à l'escrime.
12. — A une bonne connaissance pratique des lois anglaises.

On pourrait même ajouter : toxicomane, Sherlock ayant recours au stimulus de la drogue (cocaïne) pendant les périodes au cours desquelles aucun appel n'était fait à ses services. Car, ce premier de tous les détectives privés n'entrait en jeu que lorsque les limiers de Scotland Yard ayant échoué dans leurs investigations et les missions qu'on leur avait confiées avaient recours à Sherlock Holmes pour les aider. Au sujet de la drogue, dont Watson parle d'ailleurs sans paraître s'en étonner ou formuler un blâme, il est bon de se souvenir que la littérature anglaise de l'époque ne lui accordait pas le titre de stupéfiant qui la caractérise actuellement lorsqu'il

s'agit d'intoxications sans contrôle ; et qu'elle béné-
ficiait des lettres de noblesse conférées encore par
De Quincy. D'ailleurs, il est très évident que Sherlock
Holmes n'a recours à elle que pour maintenir en état
d'alerte et d'activité son merveilleux cerveau.

On pourrait faire également une remarque ayant
trait aux faiblesses de Sherlock Holmes en début de
carrière, disons même en ses tout premiers débuts.
Sherlock Holmes, si équilibré qu'il soit, cède au penchant de tout débutant, d'abord celui de multiplier
avec quelque emphase les détails pittoresques, par
exemple la mobilisation des « poulbots » de quartier
pour récolter des *indices* et organiser des filatures,
mais surtout à la tendance moins louable de sous-
estimer la police d'Etat, représentée il est vrai par de
vaniteux et incapables personnages, tels que le petit
Lestrade et le blafard Gregson. L'outil, si bien per-
fectionné déjà, tremble un peu dans la main du
génial artisan.

Mais, quelles que soient ces vénielles faiblesses,
qui ne se sentirait troublé par les premières lignes de
Etude en rouge ; et par les mots fatidiques marquant
la naissance d'un grand personnage littéraire et de sa
prodigieuse carrière ? « C'était le 4 mars (1878), date
mémorable pour moi », dira Watson... Mémorable
pour nous aussi, car c'est dans ce récit que l'on
relèvera, empruntées à une revue traînant sur une
table, et où il les a consignées, les phrases d'un si
considérable retentissement qui constituent en
somme le credo de Sherlock.

« Comme toutes les sciences, la science de la
déduction et de l'analyse ne peut s'acquérir qu'au
prix de longues et patientes études... Avant de se
tourner vers les aspects moraux et intellectuels du
sujet où résident les plus grandes difficultés, le chercheur commencera par triompher des problèmes les
plus simples. Qu'il apprenne à deviner au premier
coup d'œil l'histoire d'un homme et la profession ou
le métier qu'il exerce. Si puéril que puisse paraître
cet exercice, il aiguise nos facultés d'observation, il

nous apprend à regarder et à voir. Les ongles, la manche du vêtement, les chaussures, les genoux du pantalon, les durillons du pouce et de l'index, les manchettes de la chemise, l'expression du visage, voilà autant d'indications certaines sur le métier qu'exerce un homme. »

Et sur ce, un commissionnaire apporte une lettre qui commence par ces mots :

Cher Monsieur Sherlock Holmes,

Il y a eu une triste affaire au n° 3 de Lauriston Gardens qui aboutit à Brixton Road...

*
* *

Ainsi que je le remarquais, Conan Doyle aura recours, pour les débuts de Sherlock Holmes et afin de renforcer l'atmosphère d'un crime, à des motifs lointains et dramatiques qui en constituent la toile de fond. Il n'en reste pas moins que le cadre même du crime, une maison abandonnée sise dans quelque sordide impasse de faubourg sur la rive gauche de la Tamise, ne peut que rester gravé dans la mémoire. C'est un paysage de réalité où le pittoresque de théâtre se révèle inutile. C'est pourquoi il demeure saisissant. Pendant longtemps, à Londres, je ne pouvais me défendre, quand le hasard d'une longue promenade à l'aventure, hors des grandes artères fréquentées et bruyantes, m'amenait vers quelque *backstreet*, de regarder en frissonnant l'écriteau À LOUER jaunissant derrière la vitre sale d'une maison sans occupants. Et d'imaginer le premier cadavre « officiel » de Sherlock Holmes, M. Drebber, étendu dans ses beaux vêtements cossus sur le plancher sale du parloir.

Si lointaine que nous paraisse aujourd'hui l'*Étude en rouge*, à quelle distance n'est-elle pas, elle-même, des crimes emphatiques du début du XIXe siècle et de leurs « villains » de mélodrames. C'est que juste-

ment un pas énorme a été fait par Sherlock Holmes
hors des sentiers battus. Ce détective si riche, selon
Watson, en connaissances « nulles », est un vrai pré-
curseur comme le fut dans *La Pierre de lune* (1868)
de Wilkie Collins le sergent-détective Cuff.

Dans sa remarquable préface à une réédition
de *La Pierre de lune*, le grand écrivain et poète
T.S. Eliot n'hésitera pas, pourtant, à placer Cuff bien
au-dessus de Sherlock Holmes. Selon lui, le sergent
Cuff est le détective parfait. « Nos détectives moder-
nes, écrit-il, sont, la plupart du temps, de capables
mais abstraites machines, oubliées dès l'instant où le
livre est lu, à moins qu'ils n'aient comme Sherlock
Holmes trop de traits distinctifs. Sherlock Holmes
est tellement alourdi de capacités, de particularités
et de réussites, qu'il en devient comme un personnage statique. Il nous est décrit plus qu'il ne se révèle
dans ses activités. Le sergent Cuff possède une personnalité aussi concrète qu'attachante, et il est
brillant sans être infaillible. »

Non qu'il n'y ait quelques ressemblances physi-
ques, sinon vestimentaires, entre les deux détectives,
car le sergent Cuff nous apparaît comme un homme
d'un certain âge, grisonnant, « et si déplorablement
maigre qu'il semblait n'avoir pas une once de chair
sur les os ». Il portait des vêtements d'un noir correct
et autour du cou une cravate blanche. Ses traits
avaient le tranchant d'une hache. Sa peau craque-
lée était aussi jaune, aussi sèche qu'une feuille
d'automne. Ses yeux d'un gris clair d'acier donnaient
l'impression inconfortable, quand ils rencontraient
les vôtres, d'attendre de vous plus de choses que vous
n'en aviez conscience vous-même. Sa démarche était
légère, sa voix mélancolique, ses longs doigts repliés
comme des griffes. Il aurait pu être un clergyman, un
employé des pompes funèbres, tout ce que vous
auriez voulu, sauf ce qu'il était... » Et, par-dessus le
marché, grand amateur de roses.

En dehors de certains traits communs dans
l'aspect des deux hommes, les réflexions de T.S. Eliot

sont certes pertinentes, mais on pourrait leur objecter quelques arguments valables, à savoir que le sergent-détective Cuff approche lui aussi d'un mystère (et c'est aussi dans une certaine mesure un mystère d'origine indienne) mais *sans* le résoudre, tout en l'analysant avec pénétration. Et que, d'ailleurs, et je dis : hélas ! il n'apparaît que dans ce mystère-là, échappant ainsi au danger des stylisations.

Tel quel, il est de ces hommes dont on ne saurait oublier l'apparition *unique,* et cela parce qu'elle semble en quelque sorte prémonitoire et l'annonce d'hommes et de fonctions plus ou moins à leur image. Alors qu'en ce qui concerne précisément Sherlock Holmes, nous savons qu'il est un personnage sans lignée, répandant une lumière inextinguible mais fixe — et T.S. Eliot le discerne fort bien — comme celle d'un phare. Il aura beau être l'homme du *Signe des Quatre* comme celui de *La Bande tachetée* et celui du *Chien des Baskerville* ; il aura beau diversifier le cadre de ses aventures et de ses recherches, il n'y aura jamais, avec ses défauts et ses qualités, sa surabondance et ses lacunes, et du fait de la stylisation de ses procédés et de ses manies, qu'un seul Sherlock Holmes.

Si je regarde attentivement le sergent Cuff, je vois s'inscrire derrière lui, malgré les dissemblances d'époque et de race et de physionomie, notre Maigret. Dans le prolongement de Sherlock Holmes, je ne vois personne, et même je ne vois rien que les paysages de Londres et de la campagne anglaise, et le profil sur un mur d'une certaine casquette, d'une certaine pipe...

Sherlock Holmes n'a pas de descendance. Il m'apparaît simplement comme un homme qui aurait écrit un livre prodigieux intitulé *Conan Doyle.*

Germaine BEAUMONT

ÉTUDE EN ROUGE

PREMIÈRE PARTIE

I

M. SHERLOCK HOLMES

En 1878, reçu médecin à l'université de Londres, je me rendis à Netley pour suivre les cours prescrits aux chirurgiens de l'armée ; et là, je complétai mes études. On me désigna ensuite, comme aide-major, pour le 5e régiment de fusiliers de Northumberland en garnison aux Indes.

Avant que j'eusse pu le rejoindre, la seconde guerre d'Afghanistan avait éclaté. En débarquant à Bombay, j'appris que mon corps d'armée s'était engagé dans les défilés ; il avait même poussé très avant en territoire ennemi. A l'exemple de plusieurs autres officiers dans mon cas, je partis à sa poursuite aussitôt ; et je parvins sans encombre à Kandahar, où il stationnait. J'entrai immédiatement en fonctions.

Si la campagne procura des décorations et de l'avancement à certains, à moi elle n'apporta que déboires et malheurs. On me détacha de ma brigade pour m'adjoindre au régiment de Berkshire ; ainsi je participai à la fatale bataille de Maiwand. Une balle *Jezail* m'atteignit à l'épaule ; elle me fracassa l'os et frôla l'artère sous-clavière. Je n'échappai aux sanguinaires Ghazis que par le dévouement et le courage de mon ordonnance Murray : il me jeta en travers d'un cheval de bât et put me ramener dans nos lignes.

Epuisé par les souffrances et les privations, je fus dirigé, avec un convoi de nombreux blessés, sur l'hôpital de Peshawar. Bientôt, j'entrai en convalescence ; je me promenais déjà dans les salles, et même j'allais me chauffer au soleil sous la véranda, quand la fièvre entérique me terrassa : c'est le fléau de nos colonies indiennes. Des mois durant, on désespéra de moi. Enfin je revins à la vie. Mais j'étais si faible, tellement amaigri, qu'une commission médicale décida mon rapatriement immédiat. Je m'embarquai sur le transport *Oronte* et, un mois plus tard, je posai le pied sur la jetée de Portsmouth. Ma santé était irrémédiablement perdue. Toutefois, un gouvernement paternel m'octroya neuf mois pour l'améliorer.

Je n'avais en Angleterre ni parents ni amis : j'étais aussi libre que l'air — autant, du moins, qu'on peut l'être avec un revenu quotidien de neuf shillings et six pence ! Naturellement, je me dirigeai vers Londres, ce grand cloaque où se déversent irrésistiblement tous les flâneurs et tous les paresseux de l'Empire. Pendant quelque temps, je menai dans un hôtel privé du Strand une existence sans but et sans confort ; je dépensais très libéralement. A la fin, ma situation pécuniaire m'alarma. Je me vis en face de l'alternative suivante : ou me retirer quelque part à la campagne, ou changer du tout au tout mon train de vie. C'est à ce dernier parti que je m'arrêtai ; et, pour commencer, je résolus de quitter l'hôtel pour m'établir dans un endroit moins *fashionable* et moins coûteux.

Le jour où j'avais mûri cette grande décision, j'étais allé prendre un verre au *Criterion Bar* ; quelqu'un me toucha l'épaule. Je reconnus l'ex-infirmier Stamford, que j'avais eu sous mes ordres à Barts. Pour un homme réduit à la solitude, c'était vraiment une chose agréable que l'apparition d'un visage familier. Auparavant Stamford n'avait jamais été un réel ami, mais, ce jour-là, je l'accueillis avec chaleur, et lui, parallèlement, parut enchanté de la rencontre. Dans l'exubérance de ma joie, je l'invitai à déjeuner au Holborn ; nous partîmes ensemble en fiacre.

« A quoi avez-vous donc passé le temps, Watson ? me demanda-t-il sans dissimuler son étonnement, tandis que nous roulions avec un bruit de ferraille à travers les rues encombrées de Londres. Vous êtes aussi mince qu'une latte et aussi brun qu'une noix ! »

Je lui racontai brièvement mes aventures.

« Pauvre diable ! fit-il avec compassion, après avoir écouté mon récit. Qu'est-ce que vous vous proposez de faire maintenant ?

— Chercher un appartement, répondis-je. Peut-on se loger confortablement à bon marché ?

— Voilà qui est étrange, dit mon compagnon. Vous êtes le second aujourd'hui à me poser cette question.

— Qui était le premier ?

— Un type qui travaille à l'hôpital, au laboratoire de chimie. Ce matin, il se plaignait de ne pas pouvoir trouver avec qui partager un bel appartement qu'il a déniché : il est trop cher pour lui seul.

— Par Jupiter ! m'écriai-je. S'il cherche un colocataire, je suis son homme. La solitude me pèse, à la fin ! »

Le jeune Stamford me regarda d'un air assez bizarre par-dessus son verre de vin.

« Si vous connaissiez Sherlock Holmes, dit-il, vous n'aimeriez peut-être pas l'avoir pour compagnon.

— Pourquoi ? Vous avez quelque chose à dire contre lui ?

— Oh ! non. Seulement, il a des idées spéciales... Il s'est entiché de certaines sciences... Autant que j'en puisse juger, c'est un assez bon type.

— Il étudie la médecine, je suppose.

— Non. Je n'ai aucune idée de ce qu'il fabrique. Je le crois ferré à glace sur le chapitre de l'anatomie, et c'est un chimiste de premier ordre ; mais je ne pense pas qu'il ait jamais réellement suivi des cours de médecine. Il a fait des études décousues et excentriques ; en revanche, il a amassé un tas de connaissances rares qui étonneraient les professeurs !

— Qu'est-ce qui l'amène au laboratoire ? Vous ne lui avez jamais posé la question ?

— Non, il n'est pas facile de lui arracher une confidence... Quoique, à ses heures, il soit assez expansif.

— J'aimerais faire sa connaissance, dis-je. Tant mieux s'il a des habitudes studieuses et tranquilles : je pourrai partager avec lui l'appartement. Dans mon cas, le bruit et la surexcitation sont contre-indiqués : j'en ai eu ma bonne part en Afghanistan ! Où pourrais-je trouver votre ami ?

— Il est sûrement au laboratoire, répondit mon compagnon, tantôt il fuit ce lieu pendant des semaines, tantôt il y travaille du matin au soir. Si vous voulez, nous irons le voir après déjeuner.

— Volontiers », répondis-je.

La conversation roula ensuite sur d'autres sujets.

Du Holborn, nous nous rendîmes à l'hôpital. Chemin faisant, Stamford me fournit encore quelques renseignements.

« Si vous ne vous accordez pas avec lui, il ne faudra pas m'en vouloir, dit-il. Tout ce que je sais à son sujet, c'est ce que des rencontres fortuites au laboratoire ont pu m'apprendre. Mais puisque vous m'avez proposé l'arrangement, vous n'aurez pas à m'en tenir responsable.

— Si nous ne nous convenons pas, nous nous séparerons, voilà tout ! Pour vouloir dégager comme ça votre responsabilité, Stamford, ajoutai-je en le regardant fixement, vous devez avoir une raison. Laquelle ? L'humeur du type ? Est-elle si terrible ? Parlez franchement.

— Il n'est pas facile d'exprimer l'inexprimable ! répondit-il en riant. Holmes est un peu trop scientifique pour moi — cela frise l'insensibilité ! Il administrerait à un ami une petite pincée de l'alcaloïde le plus récent, non pas, bien entendu, par malveillance, mais simplement par esprit scientifique, pour connaître exactement les effets du poison ! Soyons juste ; il en absorberait lui-même, toujours dans l'intérêt de la science ! Voilà sa marotte : une science exacte, précise.

— Il y en a de pires, non ?

— Oui, mais la sienne lui fait parfois pousser les choses un peu loin... Quand, par exemple, il bat dans les salles de dissection les cadavres à coups de canne, vous avouerez qu'elle se manifeste d'une manière pour le moins bizarre !

— Il bat les cadavres ?

— Oui. pour vérifier si on peut leur faire des bleus ! Je l'ai vu, de mes yeux vu.

— Et vous dites après cela qu'il n'étudie pas la médecine ?

— Dieu sait quel est l'objet de ses recherches ! Nous voici arrivés, jugez l'homme par vous-même. »

Comme il parlait, nous enfilâmes un passage étroit et nous pénétrâmes par une petite porte latérale dans une aile du grand hôpital. Là, j'étais sur mon terrain : pas besoin de guide pour monter le morne escalier de pierre et franchir le long corridor offrant sa perspective de murs blanchis à la chaux et de portes peintes en marron foncé. A l'extrémité du corridor un couloir bas et voûté conduisait au laboratoire de chimie.

C'était une pièce haute de plafond, encombrée d'innombrables bouteilles. Çà et là se dressaient des tables larges et peu élevées, toutes hérissées de cornues, d'éprouvettes et de petites lampes Bunsen à flamme bleue vacillante. La seule personne qui s'y trouvait, courbée sur une table éloignée, paraissait absorbée par son travail. En entendant le bruit de nos pas, l'homme jeta un regard autour de lui. Il se releva d'un bond en poussant une exclamation de joie :

« Je l'ai trouvé ! Je l'ai trouvé ! cria-t-il à mon compagnon en accourant, une éprouvette à la main. J'ai trouvé un réactif qui ne peut être précipité que par l'hémoglobine ! »

Sa physionomie n'aurait pas exprimé plus de ravissement, s'il avait découvert une mine d'or.

« Docteur Watson, M. Sherlock Holmes, dit Stamford en nous présentant l'un à l'autre.

— Comment allez-vous ? » dit-il cordialement.

Il me serra la main avec une vigueur dont je ne l'aurais pas cru capable.

« Vous avez été en Afghanistan, à ce que je vois !

— Comment diable le savez-vous ? demandai-je avec étonnement.

— Ah çà !... »

Il rit en lui-même.

« La question du jour, reprit-il, c'est l'hémoglobine ! Vous comprenez sans doute l'importance de ma découverte ?

— Au point de vue chimique, oui, répondis-je, mais au point de vue pratique...

— Mais, cher monsieur, c'est la découverte médico-légale la plus utile qu'on ait faite depuis des années ! Ne voyez-vous pas qu'elle nous permettra de déceler infailliblement les taches de sang ? Venez par ici ! »

Dans son ardeur, il me prit par la manche et m'entraîna vers sa table de travail.

« Prenons un peu de sang frais, dit-il. (Il planta dans son doigt un long poinçon et recueillit au moyen d'une pipette le sang de la piqûre.) Maintenant j'ajoute cette petite quantité de sang à un litre d'eau. Le mélange qui en résulte a, comme vous voyez, l'apparence de l'eau pure. La proportion du sang ne doit pas être de plus d'un millionième. Je ne doute pas cependant d'obtenir la réaction caractéristique. »

Tout en parlant, il jeta quelques cristaux blancs ; puis il versa quelques gouttes d'un liquide incolore. Aussitôt le composé prit une teinte d'acajou sombre ; en même temps, une poussière brunâtre se déposa.

« Ah ! ah ! s'exclama-t-il en battant des mains, heureux comme un enfant avec un nouveau jouet. Que pensez-vous de cela ?

— Cela me semble une expérience délicate, répondis-je.

— Magnifique ! Magnifique ! L'ancienne expérience par le gaïac était grossière et peu sûre. De même, l'examen au microscope des globules du sang : il ne sert à rien si les taches de sang sont vieilles de quelques heures. Or, que le sang soit vieux ou non, mon procédé s'applique. Si on l'avait inventé plus tôt, des centaines d'hommes actuellement en liberté de par le monde auraient depuis longtemps subi le châtiment de leurs crimes.

— En effet ! murmurai-je.

— Toutes les causes criminelles roulent là-dessus. Mettons que l'on soupçonne un homme d'un crime commis il y a plusieurs mois ; on examine son linge et ses vêtements et on y décèle des taches brunâtres. Mais voilà : est-ce qu'il s'agit de sang, de boue, de rouille ou de fruits ? Cette question a embarrassé plus d'un expert, et pour cause. Avec le procédé Sherlock Holmes, plus de problème ! »

Au cours de cette tirade, ses yeux avaient jeté des étincelles ; il termina, la main sur le cœur, et s'inclina comme pour répondre aux applaudissements d'une foule imaginaire.

« Mes félicitations ! dis-je étonné de son enthousiasme.

— Prenez le procès de von Bischoff à Francfort, l'année dernière, reprit-il. A coup sûr, il aurait été pendu si l'on avait connu ce réactif. Il y a eu aussi Mason de Bradford, et le fameux Muller, et Lefèvre de Montpellier et Samson de La Nouvelle-Orléans. Je pourrais citer vingt cas où mon test aurait été probant.

— Vous êtes les annales ambulantes du crime ! lança Stamford en éclatant de rire. Vous devriez fonder un journal : *Les Nouvelles policières du Passé !*

— Cela serait d'une lecture très profitable », dit Sherlock Holmes en collant un petit morceau de taffetas gommé sur la piqûre de son doigt.

Se tournant vers moi, avec un sourire, il ajouta :

« Il faut que je prenne des précautions, car je tripote pas mal de poisons ! »

Il exhiba sa main ; elle était mouchetée de petits morceaux de taffetas et brûlée un peu partout par des acides puissants.

« Nous sommes venus pour affaires », dit Stamford.

Il s'assit sur un tabouret et il en poussa un autre vers moi.

« Mon ami, ici présent, cherche un logis. Comme vous n'avez pas encore trouvé de personne avec qui partager l'appartement, j'ai cru bon de vous mettre en rapport. »

Sherlock Holmes parut enchanté.

« J'ai l'œil sur un appartement dans Baker Street, dit-il. Cela ferait très bien notre affaire. L'odeur du tabac fort ne vous incommode pas, j'espère ?

— Je fume moi-même le « ship », répondis-je.

— Un bon point pour vous. Je suis toujours entouré de produits chimiques ; et, à l'occasion, je fais des expériences. Cela non plus ne vous gêne pas ?

— Pas du tout.

— Voyons : quels sont mes autres défauts ? Ah ! oui, de temps à autre, j'ai le cafard ; je reste plusieurs jours de suite sans ouvrir la bouche. Il ne faudra pas croire alors que je vous boude. Cela passera si vous me laissez tranquille. A votre tour, maintenant. Qu'est-ce que vous avez à avouer ? Il vaut mieux que deux types qui envisagent de vivre en commun connaissent d'avance le pire l'un de l'autre ! »

L'idée d'être à mon tour sur la sellette m'amusa.

« J'ai un petit bouledogue, dis-je. Je suis anti-bruit parce que mes nerfs sont ébranlés. Je me lève à des heures impossibles et je suis très paresseux. En bonne santé, j'ai bien d'autres vices ; mais, pour le moment, ceux que je viens d'énumérer sont les principaux.

— Faites-vous entrer le violon dans la catégorie des bruits fâcheux ? demanda-t-il avec anxiété.

— Cela dépend de l'exécutant, répondis-je. Un

morceau bien exécuté est un régal divin, mais, s'il l'est mal !...

— Allons, ça ira ! s'écria-t-il en riant de bon cœur. C'est une affaire faite — si, bien entendu, l'appartement vous plaît.

— Quand le visiterons-nous ?

— Venez me prendre demain midi. Nous irons tout régler ensemble.

— C'est entendu, dis-je, en lui serrant la main. A midi précis. »

Stamford et moi, nous le laissâmes au milieu de ses produits chimiques et nous marchâmes vers mon hôtel. Je m'arrêtai soudain, et, tourné vers lui :

« A propos, demandai-je, à quoi diable a-t-il vu que je revenais de l'Afghanistan ? »

Mon compagnon eut un sourire énigmatique.

« Voilà justement sa petite originalité, dit-il. Il a un don de divination extraordinaire. Plusieurs ont cherché sans succès à se l'expliquer.

— Oh ! un mystère ? A la bonne heure ! dis-je en me frottant les mains. C'est très piquant. Je vous sais gré de nous avoir mis en rapport. L'étude de l'homme est, comme vous le savez, le propre de l'homme.

— Alors, étudiez-le ! dit Stamford en prenant congé de moi. Mais vous trouverez le problème épineux !... Je parie qu'il en apprendra plus sur vous que vous n'en apprendrez sur lui. Au plaisir, Watson !

— Au plaisir ! » répondis-je.

Je déambulai vers mon hôtel, fort intrigué par ma nouvelle relation.

II

LA SCIENCE DE LA DÉDUCTION

Le lendemain, nous visitâmes l'appartement sis au n° 221 b, Baker Street. Il comprenait deux chambres à coucher confortables et une grande salle commune bien aérée, garnie de meubles d'aspect agréable et éclairée par deux larges baies. Les pièces répondaient bien à notre désir ; et le loyer, partagé entre nous deux, nous parut raisonnable : nous conclûmes le marché sur place et prîmes aussitôt possession du local. Le soir même, j'y emménageais mes frusques et, le matin suivant, Sherlock Holmes arrivait à son tour, chargé de beaucoup de caisses et de valises. Pendant un jour ou deux, nous fûmes très occupés à déballer nos affaires et à les ranger de notre mieux. Après quoi, peu à peu, nous commençâmes à prendre nos habitudes et à nous adapter à notre nouvelle ambiance.

Sherlock Holmes ne paraissait certes pas difficile à vivre ! C'était, à sa manière, un homme tranquille, avec des habitudes invariables. Il était rarement debout après dix heures du soir et le matin, immanquablement, avant que j'eusse quitté mon lit il avait pris son petit déjeuner et était sorti. Tantôt il passait la journée au laboratoire de chimie, tantôt dans les salles de dissection ; de temps à autre, il faisait une longue marche qui, semblait-il, le conduisait parmi les quartiers les plus mal famés. Dans ses accès de travail, il déployait une énergie à toute épreuve ; puis venait la réaction : pendant de longues journées, il restait étendu sur le canapé sans rien dire, sans remuer un muscle, depuis le matin jusqu'au soir. Alors, son regard devenait si rêveur et si vague, que j'aurais pu le soupçonner de s'adonner à quelque narcotique ; mais sa sobriété en tout, sa tempérance habituelle interdisaient une telle supposition.

A mesure que les semaines passaient, je sentais

croître et s'approfondir l'intérêt qu'il m'inspirait
ainsi que ma curiosité touchant les buts de son existence. Sa personne même, son apparence ne pouvaient laisser de frapper l'observateur le plus dis-
trait. Il mesurait un peu plus d'un mètre quatre-
vingts, mais il était si excessivement mince qu'il
paraissait beaucoup plus grand. Ses yeux étaient vifs
et perçants — sauf dans les intervalles auxquels j'ai
fait allusion. Son nez aquilin et fin donnait à sa
physionomie un air attentif et décidé. La forme
carrée et proéminente de son menton indiquait aussi
l'homme volontaire. Ses mains étaient toujours
tachées d'encre ou maculées de produits chimiques ;
cependant il possédait une extraordinaire délicatesse du toucher ; j'eus souvent l'occasion de le constater en le regardant manier ses fragiles instruments
de chimie.

Aux yeux du lecteur, je risque de passer pour un
indécrottable badaud en avouant à quel point cet
homme a excité ma curiosité, et par quels efforts j'ai
tenté de vaincre sa répugnance à parler de lui-même.
Avant toutefois de se prononcer, que le lecteur veuille
bien se rappeler l'oisiveté à laquelle me condamnait
mon état de santé : celle-ci m'interdisait de sortir
sinon par temps exceptionnellement doux. Or, je
n'avais pas d'amis qui vinssent me voir et rompre la
monotonie de ma vie quotidienne. J'accueillis donc
comme une distraction inespérée le petit mystère
dont s'entourait mon compagnon, et j'employai une
grande partie de mon temps à essayer de le pénétrer.

Il n'étudiait pas la médecine. Répondant sur ce
point à mes questions, il avait lui-même confirmé
l'opinion de Stamford. Je dirai même qu'il n'avait
jamais suivi de cours en vue d'acquérir un diplôme
scientifique ou de se ménager une porte d'entrée
officielle dans le monde savant. Cependant, son
ardeur pour diverses études était remarquable ; dans
certaines matières sortant de l'ordinaire, il avait des
notions si étendues et si détaillées que ses observations m'avaient pour ainsi dire ébaubi. Sûrement il

n'avait pas tant travaillé, ni acquis des renseignements aussi précis, sans s'être fixé un but défini. Des touche-à-tout ne se signalent généralement pas par l'exactitude de leurs connaissances ! Personne ne se charge l'esprit de choses de peu d'importance s'il n'a une très bonne raison pour le faire.

Ses ignorances étaient aussi remarquables que sa science. De la littérature contemporaine, de la philosophie et de la politique, il ne semblait savoir à peu près rien. Un jour que je citais Thomas Carlyle, il me demanda le plus naïvement du monde qui il était et ce qu'il avait fait. Ma surprise atteignit son paroxysme quand je découvris incidemment qu'il ignorait la théorie de Copernic et tout le système solaire ! Qu'un être humain instruit, vivant en ce XIXe siècle, ne sût pas que la terre tourne autour du soleil, me semblait un fait si extraordinaire que j'avais peine à y croire.

« Vous paraissez étonné, dit-il en souriant de ma surprise. Mais maintenant que je sais cela, je vais faire tout mon possible pour l'oublier !

— Pour l'oublier ?...

— Voyez-vous, expliqua-t-il, le cerveau est comme un petit grenier d'abord vide. Notre affaire est de le garnir de meubles de notre choix. L'étourdi l'encombre de tout le fatras qu'il trouve sur son chemin ; et pour faire de la place, il se débarrasse des connaissances qui auraient pu lui être utiles ; au mieux il les entasse pêle-mêle avec quantité d'autres et il ne peut plus mettre la main dessus quand il en a besoin. Au contraire, le travailleur intelligent choisit avec discernement ce qu'il range dans sa cervelle. Il ne s'occupe que des choses utiles ; mais il en possède une grande variété, qu'il tient en ordre. L'erreur est de s'imaginer que ce petit grenier a des murs élastiques indéfiniment extensibles. Soyez sûr qu'à un moment donné chaque nouvelle acquisition prend la place d'une ancienne ! Il importe donc beaucoup de ne pas laisser les connaissances superflues évincer celles dont on a besoin.

— Mais le système solaire ! fis-je.

— Qu'est-ce que vous voulez que cela me fasse ? coupa-t-il avec impatience. Vous dites que nous tournons autour du soleil. Si nous tournions autour de la lune, cela ne ferait pas deux sous de différence pour moi et pour mes travaux ! »

Je faillis lui demander alors en quoi consistaient ces travaux, mais je me ravisai : un je-ne-sais-quoi dans ses manières m'avertit que ma question serait mal reçue. Je méditai sur ce court entretien : de propos délibéré Holmes négligeait toute connaissance étrangère à l'objet de ses recherches. Par conséquent, tout ce qu'il savait lui servait à quelque chose. Je récapitulai mentalement tous les sujets sur lesquels il m'avait semblé bien informé. Je pris même un crayon pour les annoter. Quand j'eus achevé ma liste, je ne pus m'empêcher de rire. La voici :

SHERLOCK HOLMES

Ses connaissances :

1. En littérature. — Nulles.
2. En philosophie. — Nulles.
3. En astronomie. — Nulles.
4. En politique. — Faibles.
5. En botanique. — Spéciales. Est calé sur la belladone, l'opium, tous les poisons en général. Ne connaît rien au jardinage.
6. En géologie. — Pratiques, mais restreintes. Distingue au premier coup d'œil les différentes espèces de terrains. Après s'être promené à pied dans Londres, m'a montré des éclaboussures sur son pantalon et, d'après leur couleur et consistance, a déterminé dans quel quartier il les avait essuyées.
7. En chimie. — Approfondies.
8. En anatomie. — Exactes, mais sans système.
9. En littérature à sensation. — Immenses. Sem-

ble posséder tous les détails de chaque crime horrible commis au cours du siècle.

10. — Joue bien du violon.

11. — Est très adroit à la canne, à la boxe, à l'escrime.

12. — A une bonne connaissance pratique des lois anglaises.

Arrivé là, je me décourageai et jetai le papier au feu. « Si seulement je pouvais trouver à quoi s'occupe ce type-là ! me dis-je, son métier requiert évidemment tous les talents que j'ai énumérés... Bah, je ferais aussi bien d'abandonner mon enquête ! »

J'ai déjà fait allusion à son talent de violoniste. Talent remarquable, mais excentrique comme tous ses autres talents. Qu'il pût jouer des morceaux, même des morceaux compliqués, je le savais ; car, sur ma prière, il m'avait fait entendre des Lieder de Mendelssohn et quelques autres chefs-d'œuvre que j'aimais. Mais, livré à lui-même, il faisait rarement de la musique. Pendant toute la soirée, renversé dans son fauteuil, les yeux clos, il grattait négligemment l'instrument posé sur ses genoux. Les accords qu'il en tirait ainsi, sonores ou mélancoliques, fantastiques ou gais, reflétaient avec clarté les pensées qui l'obsédaient. Stimulaient-ils son esprit ? Jouait-il seulement par caprice, par fantaisie ? Je ne saurais le dire. Je me serais révolté contre ces soli exaspérants si, d'ordinaire, pour me dédommager un peu de l'épreuve à laquelle il avait mis ma patience, il n'avait ensuite exécuté avec brio une série de mes airs favoris.

Au cours de notre première semaine de vie commune, nous n'eûmes aucun visiteur ; et je pensai que mon compagnon était aussi dépourvu d'amis que moi-même. Mais je découvris bientôt qu'il avait beaucoup de relations parmi différentes classes de la société. Entre autres, un petit homme à l'œil noir, avec une face de rat au teint plombé, qu'il me présenta sous le nom de Lestrade ; en huit jours, il vint trois ou quatre fois. Un matin, arriva une jeune fille élégamment vêtue, qui resta plus d'une demi-heure. L'après-midi du même jour nous amena un visiteur à tête grise, d'aspect minable, ressemblant à un colporteur juif. Il paraissait très excité. Une femme âgée le suivit de près, en traînant la savate. Une autre fois, Sherlock Holmes reçut un vieux monsieur à cheveux blancs, puis un cheminot qui avait gardé son uniforme de velours. Quand l'un de ces individus difficilement classables faisait son apparition, mon compagnon me priait de le laisser en possession de la salle commune ; et je me retirais dans ma chambre. Il s'excusait toujours du dérangement que cela me causait. « Cette pièce doit me servir de bureau, disait-il, et ces gens sont mes clients. » De nouveau s'offrait à moi l'occasion de lui demander à brûle-pourpoint quel était son métier ; mais, encore une fois, par délicatesse, je n'osais pas forcer sa confidence. Je m'imaginai qu'il devait avoir un motif sérieux pour se taire ; mais à quelque temps de là, de son propre chef, il aborda le sujet.

C'était le 4 mars : date mémorable pour moi ! Ce matin-là, m'étant levé un peu plus tôt que de coutume, je vis que Sherlock Holmes n'avait pas encore fini de déjeuner. Notre logeuse, qui était habituée à me voir arriver tard, n'avait pas mis mon couvert ni préparé mon café. Blessé dans ma susceptibilité, je sonnai et, d'un ton cassant, fis savoir que j'attendais. Pour tuer le temps, pendant que mon compagnon mâchonnait son toast en silence, j'ouvris une revue qui traînait sur la table. Le titre d'un article était marqué d'un trait de crayon ; ce fut naturellement par celui-là que je commençai ma lecture.

Titre assez prétentieux : *Le Livre de la Vie !* L'auteur s'attachait à démontrer qu'un esprit observateur peut, à l'aide d'un examen consciencieux et systématique, apprendre à connaître toutes les personnes qu'il rencontre. L'ensemble me fit l'effet d'un extraordinaire mélange de perspicacité et d'absurdité. Le raisonnement était serré, pressant ; mais les déductions me semblaient tirées par les cheveux et bien exagérées. L'auteur prétendait qu'il lui suffisait d'une expression fugitive, du mouvement d'un muscle, de l'éclair d'un regard pour deviner les pensées les plus secrètes d'un homme. D'après lui, une personne habituée à l'observation et à l'analyse ne pouvait s'y tromper. Ses conclusions étaient aussi infaillibles que les propositions d'Euclide. Ses résultats paraîtraient si renversants aux non-initiés qu'ils le prendraient pour un magicien, tant qu'il ne leur aurait pas fait connaître les procédés qu'il avait mis en œuvre pour y atteindre.

« *D'une goutte d'eau*, disait l'auteur, *un logicien pourrait inférer la possibilité d'un océan Atlantique ou d'un Niagara, sans avoir vu ni l'un ni l'autre, ni même en avoir entendu parler. Ainsi, toute la vie est une longue chaîne dont chaque anneau donne le sens. Comme toutes les autres sciences, la science de la déduction et de l'analyse ne peut s'acquérir qu'au prix de longues et patientes études ; du reste, notre vie est trop brève pour nous permettre d'atteindre à la perfection. Avant de se tourner vers les aspects moraux et intellectuels du sujet, où résident les plus grandes difficultés, le chercheur commencera par triompher des problèmes les plus simples. Qu'il apprenne à deviner au premier coup d'œil l'histoire d'un homme, et la profession ou le métier qu'il exerce ! Si puéril que puisse paraître cet exercice, il aiguise nos facultés d'observation ; il nous apprend à regarder et à voir. Les ongles, la manche du vêtement, les chaussures, les genoux du pantalon, les durillons du pouce et de l'index, les manchettes de la chemise, l'expression du visage, voilà autant d'indications certaines sur le métier qu'exerce un homme. Il serait inconcevable qu'assemblées, elles ne parvinssent pas à renseigner un chercheur compétent.* »

« Quel inqualifiable verbiage ! m'écriai-je en lançant la revue sur la table. De ma vie je n'ai lu pareilles extravagances !

— De quoi s'agit-il ? s'enquit Sherlock Holmes.

— Il s'agit de cet article, répondis-je, en le désignant du bout de ma cuiller, en m'installant pour déjeuner. Je vois, à votre trait de crayon, que vous l'avez lu. Je ne nie pas qu'il soit habilement écrit. Mais il m'agace. C'est évidemment la thèse d'un oisif qui, étendu sur son fauteuil, développe tous ces brillants paradoxes dans la solitude de son cabinet. Ses idées sont inapplicables. J'aimerais bien le voir enfermé dans un compartiment du métro et là, mis en demeure de trouver par déduction les métiers de ses compagnons de voyage ! Je parierais mille contre un qu'il sécherait !

— Vous perdriez, déclara Holmes, flegmatiquement. Quant à l'article, c'est moi qui l'ai écrit.

— Vous ?...

— Moi-même. J'ai des dispositions pour l'observation et la déduction. Les idées que j'ai émises là, et qui vous paraissent si chimériques, sont en réalité, extrêmement pratiques — à telle enseigne qu'elles me servent à gagner mon pain !

— Comment cela ? demandai-je sans réfléchir.

— Eh bien, j'ai un métier à moi. Je crois bien être le seul au monde à l'exercer. Nous avons à Londres un tas de détectives relevant du gouvernement et des tas de détectives privés. Quand ces types-là sont dans l'embarras, ils viennent me trouver ; je m'arrange pour les mettre sur la voie. Ils me font part de toutes leurs observations et, généralement, grâce à ma connaissance de l'histoire du crime, je suis en mesure de les tirer d'affaire. Tous les méfaits ont un air de famille. Si vous connaissez sur le bout des doigts les détails de mille crimes, il serait bien étonnant que vous ne puissiez débrouiller le mille et unième. Lestrade est un détective très connu. L'autre jour, il ne voyait plus clair dans une affaire de faux ; il est donc venu me soumettre le cas.

— Et les autres.

— La plupart me sont envoyés par des agences particulières de renseignements. Ce sont tous des gens en peine de quelque chose, qui se débattent dans une nuit qu'ils me demandent d'éclairer. J'écoute leur histoire, puis ils écoutent mes commentaires ; à la fin, j'empoche des honoraires !

— Voudriez-vous dire que, sans quitter votre chambre, vous pouvez démêler un imbroglio, alors que d'autres y ont échoué bien qu'ils eussent vu de leurs propres yeux chaque détail ?

— C'est bien cela. J'ai une espèce d'intuition pour ce genre d'affaires... De temps à autre, un cas plus compliqué se présente. Alors, pour me rendre compte par moi-même des circonstances, il faut que je me remue. Je possède, comme vous savez, un tas de connaissances spéciales ; je les applique au problème ; elles me facilitent merveilleusement les choses. Les règles de déduction que j'ai exposées dans cet article qui a suscité votre mépris me sont à moi d'un secours inappréciable. Comprenez que chez moi, l'observation est une seconde nature... Tenez, vous avez paru surpris, quand je vous ai dit, lors de notre première rencontre, que vous veniez de l'Afghanistan.

— On vous l'avait appris, sans aucun doute.

— Non, je le *savais*. Par suite d'une longue habitude, les idées s'enchaînent si vite dans mon esprit que je suis arrivé à la conclusion sans m'être rendu compte des étapes qui y conduisent. Le raisonnement que j'ai fait tout d'un coup à votre sujet s'explique ainsi : Voici un monsieur qui a l'air d'un médecin ; il a également l'air d'un militaire ; c'est donc évidemment un médecin militaire. Son visage est brun ; or, ce n'est pas la couleur naturelle de sa peau puisqu'il a des poignets blancs ; il revient donc des tropiques. Il a souffert de maladie et de privations, comme me l'indique sa mine pas brillante. Il a été blessé au bras gauche, car il le tient avec une raideur qui n'est pas naturelle. A quel endroit des tropiques un médecin de l'armée anglaise a-t-il pu en voir de durs, et être blessé au bras ? Évidemment en Afghanistan. Tout ce raisonnement se déroula en moins d'une seconde. D'où ma remarque qui vous a étonné.

— C'est assez simple, vu sous l'angle où vous l'expliquez, dis-je en souriant. Vous me rappelez le Dupin d'Edgar Allan Poe. Je ne me doutais pas qu'il existe ailleurs que dans les livres des phénomènes de ce genre. »

Sherlock Holmes se leva et alluma sa pipe.

« Vous pensez sans doute me faire un compliment en me comparant à Dupin ? dit-il. Eh bien, à mon avis, Dupin était un type tout à fait inférieur ! Sa façon d'interrompre les réflexions de ses amis par une remarque au bout d'un quart d'heure de silence, relève du théâtre, de l'artifice. Il avait incontestablement du génie pour l'analyse ; mais il n'était certes pas le phénomène auquel Poe semblait croire !

— Avez-vous lu les romans de Gaboriau ? demandai-je. Lecoq répond-il mieux à votre idéal de détective ? »

Sherlock Holmes renifla en ricanant.

« Une misérable savate ! s'exclama-t-il. Lecoq n'a pour lui que son énergie. Un Gaboriau, entre autres, m'a positivement rendu malade. Il s'agissait d'identifier un prisonnier inconnu. J'aurais pu le faire en vingt-quatre heures. Lecoq y met au moins six mois ! Cela pourrait servir de manuel aux détectives : ils y verraient toutes les fautes à éviter ! »

Contrarié d'entendre traiter si cavalièrement des personnages que j'avais admirés, je m'approchai de la fenêtre pour regarder le spectacle de la rue. « Il se peut que ce garçon soit intelligent, me dis-je, mais quel infatué ! »

« De nos jours, dit-il avec dépit, il n'y a plus de crimes, plus de criminels ! A quoi sert encore l'intelligence dans notre profession ? Je sais que j'aurais de quoi rendre un nom célèbre. Jamais personne n'a, pour l'enquête criminelle, disposé d'une telle gamme de connaissances et de talents naturels. Mais que me vaut cet avantage ? Il n'y a plus de crimes à découvrir ! Tout au plus commet-on encore des crimes crapuleux et maladroits ; le mobile en est si éclatant que même un fonctionnaire de Scotland Yard est capable de le percer à jour ! »

Cette outrecuidance augmenta mon irritation. Mieux valait changer de sujet.

« Je me demande ce que veut cet homme », dis-je en montrant du doigt un individu costaud, à la mise modeste. Il marchait lentement sur le trottoir d'en face, en regardant attentivement les numéros. A la main, une grande enveloppe bleue, sans doute un message.

« Vous voulez parler de ce sergent d'infanterie de marine en retraite ? » interrogea Sherlock Holmes.

« Hâblerie, esbroufe ! pensai-je. Il sait bien que je ne peux pas contrôler ses dires... »

A peine avais-je eu le temps de porter ce jugement que l'individu en question avisa le numéro de notre maison et traversa la chaussée en courant. Nous entendîmes un coup violent à la porte, une voix grave qui résonna à l'étage inférieur, puis un pas pesant qui ébranla les marches de l'escalier.

« Pour M. Sherlock Holmes », dit-il en tendant la lettre à mon ami.

C'était l'occasion rêvée pour rabattre le caquet de mon camarade.

« Puis-je vous demander, mon brave, lui dis-je du ton le plus narquois, quel est votre métier ?

— Commissionnaire, m'sieu, répondit-il d'un ton bourru. Mon uniforme est en réparation.

— Que faisiez-vous auparavant ? demandai-je avec un sourire malicieux à l'adresse de Sherlock Holmes.

— J'étais sergent, m'sieu, dans l'infanterie légère de la marine royale... Pas de réponse ? Bien, m'sieu. »

Il joignit les talons, leva la main pour saluer et disparut.

III

LE MYSTÈRE DE LAURISTON GARDENS

Cette preuve toute fraîche que les théories de mon compagnon étaient applicables m'ébranla. Du même coup, crût mon respect pour sa puissance d'analyse. Toutefois, je me demandais encore si tout cela n'avait pas été préparé pour m'éblouir ; mais quel intérêt aurait eu Sherlock Holmes à m'en imposer de la sorte ? Je le regardai ; il avait fini de lire la lettre et ses yeux avaient pris une expression vague, terne, qui marquait chez lui la préoccupation.

« Comment diable avez-vous pu deviner cela ? demandai-je.

— Deviner quoi ? fit-il sans aménité.

— Eh bien, qu'il était un sergent de marine en retraite ?

— Je n'ai pas de temps à perdre en bagatelles ! répondit-il avec brusquerie avant d'ajouter dans un sourire : excusez ma rudesse ! Vous avez rompu le fil de mes pensées. Mais c'est peut-être aussi bien. Ainsi donc vous ne voyiez pas que cet homme était un sergent de marine ?

— Non, certainement pas !

— Décidément, l'explication de ma méthode me coûte plus que son application ! Si l'on vous demandait de prouver que deux et deux font quatre, vous seriez peut-être embarrassé ; et cependant, vous êtes sûr qu'il en est ainsi. Malgré la largeur de la rue, j'avais pu voir une grosse ancre bleue tatouée sur le dos de la main du gaillard. Cela sentait la mer. Il avait la démarche militaire et les favoris réglementaires ; c'était, à n'en pas douter, un marin. Il avait un certain air de commandement et d'importance. Rappelez-vous son port de tête et le balancement de sa canne ! En outre, son visage annonçait un homme d'âge moyen, sérieux, respectable. Tous ces détails m'ont amené à penser qu'il était sergent.

— C'est merveilleux ! m'écriai-je.

— Peuh ! L'enfance de l'art ! dit Holmes, mais d'un air qui me parut trahir sa satisfaction devant ma surprise et mon admiration manifestes. Tout à l'heure, j'ai dit qu'il n'y avait plus de criminels. J'avais tort, à ce qu'il paraît. Voyez plutôt. »

Il me lança la lettre apportée par le commissionnaire.

« C'est épouvantable ! m'écriai-je après avoir parcouru quelques lignes.

— Voilà qui semble. en effet sortir de l'ordinaire, dit-il avec sang-froid. Auriez-vous l'obligeance de me la relire à haute voix ? »

Voici la lettre :

Cher Monsieur Sherlock Holmes,

Il y a eu une triste affaire au numéro trois de Lauriston Gardens, qui aboutit à Brixton Road. Vers deux heures du matin, notre agent de service vit une lumière dans la maison ; ce fait éveilla ses soupçons, car il s'agit d'une maison inhabitée. Il trouva la porte ouverte et, dans la pièce de devant, qui est sans meuble, il découvrit la dépouille mortelle d'un individu bien mis, ayant dans sa poche des cartes au nom d'Enoch J. Drebber, Cleveland, Ohio, U.S.A. Il n'y a pas eu de vol et il n'y a pas non plus d'indice qui nous révèle la façon dont cet homme a trouvé la mort. On a relevé des traces de sang dans la pièce, mais le cadavre ne porte aucune blessure. Nous ne nous expliquons pas sa présence dans cette maison vide ; en fait, cette affaire est un casse-tête ! Si vous pouvez venir sur les lieux avant midi, vous m'y trouverez. En attendant votre réponse, j'ai laissé tout comme c'était. Si vous ne pouvez pas venir, je vous communiquerai de plus amples détails. Vous m'obligeriez beaucoup en me réservant la faveur de me dire votre opinion.

Agréez, cher Monsieur, etc.

Signé : *Tobias Gregson.*

« Gregson est le meilleur limier de Scotland Yard, dit mon ami. Lui et Lestrade sont le dessus du panier, ce qui ne veut pas dire qu'ils valent grand-chose ! Rapides et énergiques, ils sont en revanche routiniers de façon scandaleuse. Par-dessus le marché, ils travaillent à couteaux tirés : jaloux l'un de l'autre comme des vedettes ! L'affaire ne manquera pas de piquant si on les lance tous deux sur la piste ! »

Sa tranquillité me renversait. Je m'écriai :

« Vous n'avez pas un moment à perdre ! Faut-il aller vous chercher un fiacre ?

— Je ne sais pas encore si j'irai là-bas. Il n'y a pas plus paresseux que moi, du moins quand la flemme me prend ; d'autres fois, je suis assez allant...

— Mais c'est la chance de votre vie, Holmes !

— Bah ! En supposant que je tire la chose au clair, vous pouvez être sûr que Gregson, Lestrade et consorts s'en attribueront tout le mérite. C'est l'inconvénient de ne pas être un personnage officiel.

— Gregson mendie votre aide...

— En effet, il reconnaît qu'il me suis supérieur ; il me l'avoue bien dans le tête-à-tête, mais il s'arracherait la langue plutôt que d'en convenir en présence d'un tiers ! Allons quand même voir. Je ferai ma petite enquête personnelle. Si je n'y trouve pas mon compte, du moins je m'amuserai aux dépens de mes collègues... En route ! »

Chez lui succéda soudain à sa flemme un accès d'activité ; il sauta sur son pardessus, puis :

« Prenez votre chapeau, dit-il.

— Vous voulez bien de moi ?

— Oui, si vous n'avez rien de mieux à faire ! »

L'instant d'après, nous roulions ensemble à une allure vertigineuse vers Brixton Road.

La matinée était brumeuse, nuageuse. Le voile brun foncé qui enveloppait le toit des maisons semblait le reflet des rues pleines de boue. Mon compagnon était en verve. Il discourait sur les violons de Crémone, sur les mérites relatifs du stradivarius et de l'amati. Quant à moi, je restais silencieux, déprimé par le temps maussade comme par la lugubre affaire où nous nous engagions.

A la fin, j'interrompis Holmes au beau milieu de sa dissertation.

« Vous ne semblez pas penser beaucoup à l'affaire.

— Faute de données, répondit-il. Chercher une explication avant de connaître tous les faits est une erreur capitale. Le jugement s'en trouve faussé.

— Vous aurez bientôt vos données, dis-je. Car nous arrivons à Brixton Road. Voici la maison, si je ne me trompe.

— En effet... Conducteur, arrêtez-nous ! »

Nous en avions encore pour une centaine de mètres, mais il insista pour descendre tout de suite. Nous fîmes à pied le reste du chemin.

Le numéro 3 de Lauriston Gardens offrait un aspect sinistre et menaçant. C'était une des quatre maisons qui se dressaient en retrait à quelque distance de la rue ; deux d'entre elles étaient habitées, les deux autres étaient vides. La dernière avait trois rangées de fenêtres sans rideaux, mélancoliques, nues, désolées ; ici et là, sur les vitres sales, s'étalait un écriteau : « A louer ». Un petit jardin parsemé de touffes de plantes malingres séparait chaque maison de la rue ; il était traversé par une allée étroite de couleur jaunâtre, mélange d'argile et de gravier. La pluie tombée pendant la nuit avait tout détrempé. Le jardin était bordé par un mur de briques, haut d'un mètre et muni d'une balustrade en bois. A ce mur était adossé un robuste agent de police entouré d'un petit groupe de badauds qui allongeaient le cou et écarquillaient les yeux dans le vain espoir de surprendre quelque chose de l'enquête menée à l'intérieur.

Je m'étais imaginé que Sherlock Holmes s'engouffrerait dans la maison pour se plonger aussitôt en plein mystère.

Au contraire, il prit un air insouciant qui, en la circonstance, frisait l'affectation ; nonchalamment, il arpenta le trottoir, effleurant du regard le sol, le ciel, les maisons d'en face, la balustrade. Puis il descendit l'allée ou plutôt la bordure d'herbe qui longeait l'allée, les yeux rivés au gazon. Il s'arrêta à deux reprises. Une fois, je l'entendis pousser un cri de joie. Le sol humide et argileux avait conservé les empreintes de plusieurs pas. Mais, comme les policiers, dans leurs allées et venues, l'avaient foulé tant et plus, je ne pouvais m'expliquer que mon compagnon pût encore en espérer quelque révélation. Toutefois, je savais que là où, moi, je n'apercevais rien, lui distinguait une foule de choses : il m'avait déjà donné une preuve extraordinaire de l'acuité de son regard.

A la porte d'entrée, un homme de haute taille nous accueillit ; il avait un visage blafard et des cheveux couleur de lin ; il tenait à la main un calepin. Il se précipita et serra avec reconnaissance la main de mon compagnon.

« C'est vraiment chic à vous d'être venu ! dit-il. J'ai laissé tout intact.

— A part le jardin, répondit mon ami en désignant l'allée. Un troupeau de bisons n'aurait pas fait plus de dégâts ! J'espère que vous avez pris la précaution d'examiner le terrain avant d'autoriser vos hommes à le piétiner...

— C'est que j'ai eu beaucoup de choses à faire là-dedans, répondit évasivement le détective. Mon collègue M. Lestrade, est sur les lieux. J'avais pensé qu'il s'en chargerait. »

Holmes me jeta un coup d'œil, puis, relevant les sourcils :

« Quand deux hommes tels que vous et Lestrade sont sur le même terrain, dit-il ironiquement, que reste-t-il à faire à un troisième ? »

Gregson se frotta les mains, content de lui-même.

« J'estime que nous avons fait tout ce qui était en notre pouvoir, répondit-il. Mais c'est un cas étrange et je connais votre goût pour ce genre d'affaires.

— Vous n'êtes pas venu en fiacre ? demanda Sherlock Holmes.

— Non...

— Et Lestrade ?

— Non plus...

— Alors, allons voir la chambre. »

Sur cette conclusion inattendue, il pénétra à grands pas dans la maison, suivi de Gregson étonné.

Un petit corridor au plancher nu et poussiéreux conduisait à la cuisine et à l'office. A gauche et à droite, il y avait deux portes : l'une était apparemment fermée depuis plusieurs semaines ; l'autre donnait sur la salle à manger, la pièce même où s'était accompli le crime. Holmes y pénétra et je le suivis, non sans appréhension.

C'était une grande chambre carrée que l'absence de tout meuble agrandissait encore. Un papier vulgaire tendait les murs, souillé de taches d'humidité : par place il pendait en longues déchirures qui laissaient à découvert le plâtre jaune. En face de la porte était une cheminée prétentieuse. A un bout de la tablette en faux marbre blanc, on avait planté une bougie rouge. L'unique fenêtre, très sale, filtrait une lueur trouble et incertaine qui faisait apparaître gris foncé toutes les choses, du reste ensevelies sous une épaisse couche de poussière.

Ces détails, je les observai un peu plus tard. Mon attention fut d'abord captée par la forme humaine sinistrement immobile qui gisait sur le parquet ; grands ouverts, les yeux vides regardaient avec fixité le plafond déteint. C'était le cadavre d'un homme d'environ quarante-trois, quarante-quatre ans, de taille moyenne, large d'épaules, avec des cheveux noirs et crépus et une barbe de trois jours. Il portait un habit et un gilet de drap épais et un pantalon clair. Son col et ses manchettes étaient d'une blancheur immaculée. Un chapeau haut de forme, bien brossé et lustré, était posé sur le parquet, à côté de lui. Ses mains étaient crispées et ses bras étendus, tandis que ses membres inférieurs étaient entrecroisés. L'agonie avait dû être douloureuse ! Son visage rigide conservait une expression d'horreur ; je crus y lire de la haine aussi. Une grimace méchante, un front bas, un nez épaté, une mâchoire avancée donnaient à la victime une apparence simiesque. Sa posture insolite, recroquevillée, accusait encore davantage cette ressemblance. Il m'a été donné de voir la mort sous bien des aspects, mais elle ne m'est jamais apparue plus effroyable que dans cette maison macabre qui donnait sur l'une des artères principales de la banlieue de Londres.

Lestrade, mince de taille, la mine chafouine, se tenait près de la porte. Il nous salua.

« Cette affaire fera sensation ! dit-il. Elle passe tout ce que j'ai vu, et pourtant je ne suis plus un nouveau-né !

— Toujours pas d'indice ? s'enquit Gregson.

— Toujours pas ! » répondit Lestrade en écho.

Sherlock Holmes s'approcha du corps. Il s'agenouilla et l'examina attentivement.

« Vous êtes sûrs qu'il n'a pas été blessé ? demanda-t-il en montrant du doigt alentour des caillots et des éclaboussures de sang.

— Absolument ! s'exclamèrent ensemble les deux détectives.

— Il faut donc que ce sang appartienne à un autre individu, au meurtrier, si meurtre il y a. Cela me rappelle les circonstances qui ont accompagné la mort de van Jansen, à Utrecht, en 1834. Vous souvenez-vous de cette affaire, Gregson ?

— Non, je ne m'en souviens pas.

— Eh bien, informez-vous, vous ne perdrez pas votre temps. Il n'y a rien de nouveau sous le soleil. Tout ce qui est a déjà été. »

Tandis que Sherlock Holmes parlait, ses doigts agiles voltigeaient ici, là, partout ; ils palpaient, pressaient, déboutonnaient, fouillaient. Entre-temps, ses yeux avaient l'air lointain que j'avais déjà remarqué. L'examen fut fait avec une minutie qu'on n'aurait pas soupçonnée, tant il avait été rapide. Pour finir, il flaira les lèvres du mort, puis jeta un coup d'œil sur les semelles de ses chaussures vernies.

« On ne l'a pas changé de place ? demanda-t-il.

— On l'a remué seulement pour l'examiner.

— Vous pouvez le porter à la morgue, dit Sherlock Holmes. Il ne peut plus rien m'apprendre. »

Gregson avait à sa disposition une civière et quatre hommes. Ceux-ci arrivèrent à son appel ; ils soulevèrent le cadavre et l'emportèrent. Au moment où on l'enlevait, une bague tomba avec un son clair et roula sur le parquet. Lestrade s'en saisit et l'examina, l'air perplexe.

« Il y a une femme ici ! s'écria-t-il. C'est l'alliance d'une femme ! »

Pour nous faire voir l'objet, tout en parlant, il l'avait posé sur la paume de sa main. Nous fîmes cercle autour de lui, tout yeux. Ce petit anneau en or avait, à n'en pas douter, orné jadis le doigt d'une mariée.

« Ceci complique les choses, dit Gregson. Elles étaient pourtant assez compliquées comme ça !

— N'en sont-elles pas plutôt simplifiées ? dit Holmes. Rien ne sert de rester les yeux fixés sur la bague. Qu'est-ce que vous avez trouvé dans les poches de la victime ?

— Tout est là, répondit Gregson, pointant du doigt des objets en tas sur la dernière marche de l'escalier. Une montre en or, numéro 97163, par Barraud, de Londres. Une chaîne giletière en or très lourde et très solide. Une bague d'or avec une devise maçonnique. Une épingle d'or à tête de bouledogue, avec des yeux en rubis. Un porte-cartes en cuir de Russie, contenant des cartes d'Enoch J. Drebber, de Cleveland, auxquelles correspondent les initiales E. J. D. du linge. Pas de bourse, mais de l'argent : sept livres treize shillings. Il y a encore une édition de poche du *Décameron* portant sur la feuille de garde le nom de Joseph Stangerson ; et enfin deux lettres : l'une est adressée à E. J. Drebber et l'autre, à ce Joseph Stangerson.

— A quelle adresse ?

— *Americain Exchange, Strand,* poste restante.

Les deux lettres proviennent de la *Compagnie des bateaux à vapeur Guion* et il est question du départ de leurs bateaux de Liverpool. Il est clair que ce malheureux se disposait à repartir pour New York.

— Avez-vous fait des recherches au sujet de ce Stangerson ?

— Immédiatement, dit Gregson. J'ai envoyé des avis à tous le journaux, et un de mes hommes est allé à l'*Americain Exchange*. Il n'est pas encore revenu.

— Avez-vous câblé à Cleveland ?

— Ce matin même.

— Comment avez-vous rédigé votre demande ?

— Nous avons tout simplement exposé les circonstances et dit que nous accueillerions avec reconnaissance tout renseignement pouvant nous être utile.

— Vous n'avez pas insisté sur un renseignement capital ?

— Stangerson ? J'ai demandé qui il est.

— C'est tout ? N'y a-t-il pas un fait sur lequel repose toute l'affaire ? Ne câblerez-vous pas de nouveau ?

— J'ai dit tout ce que j'avais à dire », répondit Gregson, prenant un air offensé.

Sherlock Holmes rit sous cape. Il s'apprêtait à faire une observation quand Lestrade — il était rentré dans la chambre tandis que nous en causions dans le vestibule — réapparut sur la scène en se frottant les mains avec suffisance.

« Monsieur Gregson, dit-il, je viens de découvrir une chose de la plus grande importance. Elle serait passée inaperçue si je n'avais pas examiné soigneusement les murs. »

Les yeux du petit homme jetaient des étincelles. Il contenait à peine sa joie de damer le pion à un collègue.

« Venez ! fit-il en retournant avec empressement dans la chambre dont l'atmosphère semblait purifiée depuis l'enlèvement du cadavre. Bon. Maintenant, restez là... »

Il frotta une allumette contre sa semelle et l'éleva vers le mur.

« Regardez ! » s'écria-t-il triomphalement.

J'avais remarqué que le papier s'était décollé par endroits. Dans ce coin de la chambre, un grand morceau décollé laissait à découvert un carré de plâtre jaune. En travers de cet espace nu, on avait griffonné en lettres de sang ce seul mot : RACHE.

« Qu'est-ce que vous pensez de ça, s'écria le détective. Nous ne l'avions pas vu parce que c'était dans le coin le plus sombre. Personne n'a pensé à regarder par là. L'assassin a écrit avec son propre sang. Voyez cette traînée qui a dégouliné le long du mur ! En tout cas, toute hypothèse de suicide se trouve écartée désormais. Et pourquoi avoir choisi ce coin ? Je vais vous le dire. Vous voyez cette bougie, sur la cheminée ? Elle était allumée : ce coin qui est maintenant dans la partie la plus obscure se trouvait alors dans la plus écairée.

— Et quel sens prêtez-vous à votre trouvaille ? demanda Gregson d'un ton dédaigneux.

— Quel sens ? Eh bien, on allait écrire *Rachel*, mais on a été dérangé. Retenez ce que je vous dis : quand on aura éclairci cette affaire, on saura qu'une femme prénommée Rachel était dans le coup... Riez, riez, monsieur Sherlock Holmes ! Vous pouvez être brillant et astucieux ; mais, à la fin, on s'apercevra que le vieux limier est encore le meilleur !

— Je vous demande bien pardon ! dit mon compagnon, qui avait irrité le petit homme en pouffant de rire. Sans conteste, le mérite de cette découverte vous revient ! comme vous le dites, tout prouve que l'inscription a été faite par l'autre acteur du crime. Je n'ai pas encore eu le temps d'examiner cette chambre ; mais, si vous m'y autorisez, je vais le faire à présent. »

Tout en parlant, il sortit brusquement de sa poche un mètre en ruban et une grosse loupe ronde. Muni de ces deux instruments, il trotta sans bruit dans la pièce ; il s'arrêtait, il repartait ; de temps à autre, il s'agenouillait et, même une fois, il se coucha à plat ventre. Il semblait avoir oublié notre présence ; il monologuait sans cesse à mi-voix ; c'était un feu roulant ininterrompu d'exclamations, de murmures, de sifflements, et de petits cris d'encouragement et d'espoir. Il me rappelait invinciblement un chien courant de bonne race et bien dressé, qui s'élance à droite puis à gauche à travers le hallier, et qui, dans son énervement, ne s'arrête de geindre que lorsqu'il retrouve la trace. Pendant plus de vingt minutes, Holmes poursuivit ses recherches ; il mesurait avec le plus grand soin l'espace qui séparait deux marques invisibles pour moi, et, de temps à autre, tout aussi mystérieusement, il appliquait son mètre contre le mur. A un endroit du parquet, il mit, avec précaution, un peu de poussière en tas, puis la recueillit dans une enveloppe. Finalement, avec la plus grande minutie, il étudia à la loupe chaque lettre du mot inscrit sur le mur. Cela fait, il parut satisfait ; il remit dans sa poche le mètre et la loupe.

« On a dit que le génie n'est qu'une longue patience, dit-il en souriant. Ce n'est pas très exact, mais cela s'applique assez bien au métier de détective. »

Gregson et Lestrade avaient observé les manœuvres de l'amateur avec beaucoup de curiosité et un peu de mépris. Ils ne se rendaient évidemment pas compte d'un fait qui m'apparaissait enfin : les plus petites actions de Sherlock Holmes tendaient toutes vers un but défini et pratique.

« Quel est votre avis ? demandèrent ensemble les deux hommes.

— Si j'étais censé vous venir en aide, messieurs, je vous volerais le crédit que vous devez tirer de cette affaire. N'importe qui serait mal venu d'intervenir dans une enquête que vous avez si bien menée jusqu'à présent... »

Ses paroles sentaient le sarcasme d'une lieue.

« Si vous voulez me tenir au courant de vos recherches, ajouta-t-il, je serai heureux de vous apporter toute l'aide possible. Entre-temps, j'aimerais parler à l'agent qui a trouvé le corps. Pouvez-vous me donner son nom et son adresse ? »

Lestrade consulta son calepin.

« John Rance, dit-il. Il n'est pas de service en ce moment. Vous le trouverez 46, Audley Court, Kensington Park Gate. »

Holmes nota l'adresse.

« Venez, docteur ! dit-il. Nous allons voir John Rance. »

Puis, se tournant vers les deux détectives :

« Je vais vous dire quelque chose qui pourra vous être utile. Il y a eu assassinat. Le meurtrier est un homme. Il a plus d'un mètre quatre-vingts ; il est dans la force de l'âge ; pour sa taille, il a de petits pieds ; il porte des brodequins à talons carrés ; et il fume des cigares de Trichinopoli. Il est venu ici, avec sa victime, dans un fiacre, tiré par un cheval qui avait trois vieux fers et un neuf à la patte antérieure droite. Selon toute probabilité, le meurtrier a un visage haut en couleur ; et les ongles de sa main droite sont remarquablement longs. Je ne vous donne que ces quelques indications, mais elles pourront vous être utiles. »

Lestrade et Gregson s'entre-regardèrent avec un sourire incrédule.

« Si cet homme a été assassiné, comment l'a-t-il été ? demanda le premier.

— Empoisonné », dit Sherlock Holmes d'un ton péremptoire, avant de s'éloigner.

Arrivé à la porte, il se retourna :

« Autre chose. Sachez, Lestrade, que *Rache* est un mot allemand qui signifie *vengeance*. Ne perdez donc pas votre temps à chercher une demoiselle Rachel. »

Après cette flèche du Parthe, il sortit, laissant ses deux rivaux bouche bée.

IV

CE QUE JOHN RANCE AVAIT À DIRE

Il était une heure quand nous quittâmes Lauriston Gardens. Je suivis Sherlock Holmes au bureau de poste le plus près. Il expédia une longue dépêche. Puis il héla un fiacre et donna au conducteur l'adresse de John Rance.

« Rien de tel que les renseignements de première main, dit-il. Mon opinion est déjà faite, mais il est prudent de chercher à tout connaître.

— Vous m'ahurissez, Holmes ! dis-je. Certainement, vous n'êtes pas aussi sûr que vous le prétendez de tous les détails que vous leur avez fournis.

— Pas d'erreur possible ! répondit-il. La première chose que j'aie remarquée en arrivant là-bas, c'est que les roues d'une voiture avaient creusé deux ornières près de la bordure du trottoir ; or, jusqu'à la nuit dernière, nous n'avions pas eu de pluie depuis une semaine ; par conséquent, les roues qui ont laissé une empreinte si profonde ont dû passer la nuit dernière. Il y avait aussi la marque des sabots : le dessin de l'un d'eux était net ; le fer était donc neuf. Puisque le fiacre était là quand il pleuvait, et que, d'après Gregson, on ne l'a pas revu dans la matinée, il faut donc qu'il ait amené de nuit ces deux individus.

— Cela est simple, dis-je, mais la taille du meurtrier ?

— La taille d'un homme, neuf fois sur dix, se déduit de la longueur de ses enjambées. C'est un calcul assez facile, mais je ne veux pas vous ennuyer avec des chiffres. Les pas du meurtrier se voyaient dehors dans la boue, et, à l'intérieur, sur la poussière. Et j'ai eu un moyen de vérifier mon calcul. Quand un homme écrit sur un mur. il le fait d'instinct au niveau de ses yeux. Or, l'inscription était à un peu plus d'un mètre quatre-vingts du sol. Peuh ! un jeu d'enfant !

— Et son âge ? demandai-je

— Eh bien, un homme ne peut pas être tout à fait vieux s'il enjambe facilement un mètre trente. C'était la largeur d'une flaque d'eau dans le jardin. Les chaussures vernies l'avaient contournée et les talons carrés l'avaient sautée. Il n'y a rien de mystérieux là-dedans. J'applique tout simplement aux choses de la vie quelques-unes des règles d'observation et de déduction que j'ai préconisées dans mon article. Quelque chose vous intrigue encore ?

— Oui, les ongles, Trichinopoli, amorçai-je.

— L'inscription sur le mur a été tracée par un index trempé dans du sang. J'ai pu observer à l'aide de ma loupe que le plâtre avait été légèrement égratigné autour des lettres, ce que n'aurait pas fait un ongle court. J'ai ramassé un peu de cendre éparpillée sur le plancher. Elle était sombre et feuilletée, comme ne peut en faire qu'un Trichinopoli. Je me suis livré à une étude spéciale sur la cendre des cigares ; j'ai même écrit une monographie sur le sujet ! Je me flatte de pouvoir reconnaître, d'un coup d'œil, la cendre de n'importe quelle marque connue de cigares ou de tabac. C'est justement dans ces détails qu'un détective compétent se distingue d'un Gregson ou d'un Lestrade.

— Et la figure haute en couleur ? demandai-je.

— Oh ! ça, c'est beaucoup plus hardi ! Mais je suis quand même sûr d'avoir raison. Ne me demandez pas d'explication pour le moment. »

Je passai la main sur mon front.

« J'ai le vertige. Plus on pense à cette affaire, plus elle devient mystérieuse. Pourquoi ces deux hommes, s'ils étaient deux, sont-ils venus dans une maison vide ? Qu'est devenu le cocher qui les a amenés ? Comment l'un a-t-il pu forcer l'autre à prendre du poison ? D'où provenait le poison ? Quel était le mobile du crime, puisque ce n'est pas le vol ? Comment une bague de femme est-elle arrivée là ? Et pourquoi avoir écrit le mot *Rache*, avant de décamper ? J'avoue que je n'arrive pas à concilier ces faits. »

Mon compagnon eut un sourire approbateur.

« Vous avez résumé avec clarté et concision toutes les difficultés, dit-il. Il y a encore bien des points obscurs. Cependant, sur les principaux faits, j'ai mon idée. Quant à la découverte du pauvre Lestrade, c'était tout simplement une feinte ; en suggérant par là les sociétés secrètes, on a voulu lancer la police sur une fausse piste. L'inscription n'a pas été tracée par un Allemand. La lettre *A,* si vous avez remarqué, était écrite en gothique. Or, un Allemand écrit toujours ses *a* en caractère latin. Nous pouvons donc affirmer à coup sûr que l'inscription a été faite, non par un Allemand, mais par un imitateur trop appliqué. C'était simplement une ruse pour engager l'enquête sur une mauvaise voie... Je ne m'étendrai pas davantage sur cette affaire, docteur ! Vous savez qu'un magicien perd son prestige en expliquant ses tours. Si je vous révélais toute ma méthode, vous penseriez qu'après tout, je suis un type très ordinaire.

— Je ne penserai jamais une chose semblable, répondis-je. Jamais personne ne saurait mieux que vous ériger en science exacte la recherche des criminels. »

Mon compagnon rougit de plaisir. Autant de mes paroles que de l'enthousiasme avec lequel je les avais prononcées. J'avais déjà remarqué qu'il était aussi sensible à un compliment sur son art qu'une jeune fille peut l'être à une flatterie touchant sa beauté.

« Je vous dirai encore une chose, fit-il. L'homme aux chaussures vernies et l'homme aux talons carrés sont arrivés dans le même fiacre. Ils ont franchi ensemble l'allée, sans doute bras dessus, bras dessous. Une fois dans la chambre de devant, ils l'ont arpentée ; plus précisément, les talons carrés allaient et venaient, tandis que les chaussures vernies se tenaient tranquilles. J'ai lu tout cela dans la poussière. La longueur de plus en plus grande des enjambées indiquait aussi une surexcitation croissante. Je suppose que l'homme aux talons carrés parlait tout le temps, et qu'il s'est monté jusqu'à une rage folle. C'est alors que le drame a eu lieu. Je vous ai dit tout ce que je sais de science certaine. Le reste est hypothèses et conjectures. Nous avons un bon point de départ. Il faudra faire vite. Je veux aller au concert de Hallé, cet après-midi, pour entendre Norman Neruda. »

Notre fiacre avait filé à travers une longue suite de rues enfumées et de ruelles misérables. Dans la plus enfumée et la plus misérable, soudain il s'arrêta.

« Voilà Audley Court ! annonça le cocher en indiquant une étroite faille dans l'alignement des maisons de brique terne. Je vous attendrai ici. »

Audley Court n'était pas un lieu attrayant. Un passage exigu nous conduisit à un quadrilatère bordé de maisons sordides. Nous avançâmes avec précaution parmi des groupes d'enfants sales et à travers des rangées de linge déteint, jusqu'au numéro 46. La porte était ornée d'une petite plaque de cuivre sur laquelle était gravé le nom de Rance. On nous dit que l'agent était au lit et on nous fit entrer, pour l'attendre, dans un petit salon sur le devant.

Il apparut bientôt, l'air un peu fâché d'avoir été dérangé dans son sommeil.

« J'ai fait mon rapport au poste », grommela-t-il.

Holmes tira de sa poche un demi-souverain et, d'un air pensif, il le fit sauter dans sa main.

« Nous aimerions que vous nous en parliez.

— A votre disposition, monsieur, répondit l'agent, les yeux fixés sur le petit disque en or.

— Racontez-nous donc à votre manière ce qui s'est passé. »

Rance s'installa sur le canapé de crin et joignit les sourcils ; il paraissait bien résolu à ne rien passer sous silence.

« Je vais tout vous conter à partir du commencement. Je suis de service de dix heures du soir à six heures du matin. A onze heures, il y a eu de la bagarre au *Cerf blanc* ; mais, à part ça, tout était tranquille dans mon secteur. A une heure, il se mit à pleuvoir. J'ai rencontré Harry Murcher, celui qui a la ronde de Holland Grove. On a causé un peu ensemble, au coin de la rue Henrietta. Puis, à deux heures, peut-être un petit peu plus tard, je suis allé voir si tout était dans l'ordre du côté de Brixton Road. Il faisait joliment mauvais, je ne voyais pas un chat. J'ai vu passer un fiacre ou deux, je dois dire. Chemin faisant, je pensais, entre nous soit dit, qu'un gin chaud ferait bien mon affaire, quand tout à coup j'ai vu briller une lumière à la fenêtre de la maison. Pourtant c'était une des deux maisons inhabitées de Lauriston Gardens. Le tout dernier qu'a vécu là-dedans est mort de la fièvre typhoïde, rapport que le propriétaire n'a pas voulu faire assainir les fosses. Alors vous pensez si ça m'épatait de voir la fenêtre éclairée ! Tout de suite, j'ai pensé qu'il se passait quelque chose là. Arrivé à la porte...

— Vous vous êtes arrêté, puis vous avez regagné la grille du jardin, interrompit mon compagnon. Pourquoi ? »

Rance fit un sursaut violent et ouvrit de grands yeux.

« Eh bien, c'est la vérité, monsieur, fit-il. Mais comment vous savez ça ? Dieu seul le sait. Voyez-vous, quand je suis arrivé devant la porte, tout était si tranquille et si désert que je me suis dit que ce serait tout aussi bien si j'avais quelqu'un avec moi... Je ne crains rien de ce côté-ci de la tombe, mais j'ai pensé que c'était peut-être le type qu'est mort de la typhoïde qui revenait examiner les fosses ! Cette idée-là m'a collé la trouille. Alors j'ai rebroussé chemin pour voir si je ne verrais pas la lanterne de Murcher. Mais, de lui ni de personne, pas de trace...

— Il n'y avait personne dans la rue ?

— Pas âme qui vive, monsieur ! Pas même un chien. J'ai pris sur moi et je suis retourné à la maison. J'ai poussé la porte. Tout était silencieux là-dedans. Alors je suis entré dans la chambre où il y avait de la lumière. Une bougie brûlait sur la cheminée, une bougie de cire rouge. Et à la lueur de cette bougie, qu'est-ce que j'aperçois !...

— Cela, je le sais. Vous avez fait plusieurs fois le tour de la chambre et vous vous êtes agenouillé près du corps ; puis vous êtes allé au fond du corridor et vous avez essayé d'ouvrir la porte de la cuisine ; ensuite... »

Rance se releva d'un bond, tout ensemble effrayé et soupçonneux.

« Où étiez-vous caché pour voir tout ça ? s'écriat-il. Vous m'avez tout l'air d'en savoir trop, vous. »

Holmes se mit à rire. Il lui jeta sa carte par-dessus la table.

« Ne me faites pas arrêter sous inculpation de meurtre, dit-il. Je suis un chien de chasse, je ne suis pas le loup ! M. Gregson et M. Lestrade répondent de moi. Mais continuez. Qu'est-ce que vous avez fait ensuite ? »

Rance se rassit. Il ne paraissait pas trop rassuré.

« J'ai regagné la grille et j'ai sifflé. Murcher est arrivé avec deux autres.

— La rue était toujours déserte ?

— Pour ainsi dire.

— Comment cela ? »

Un large sourire épanouit le visage de l'agent.

« J'ai déjà vu bien des types soûls, dit-il, mais des pafs comme ce gaillard-là, ma foi, non, jamais ! Quand je suis sorti, il était à la grille ; appuyé contre les barreaux, il chantait à s'époumoner. Il ne pouvait pas se tenir debout ; nous aider, encore moins !

— Quelle sorte d'homme était-ce ? »

John Rance parut ennuyé de revenir sur ce sujet à côté de la question.

« Un homme soûl comme il n'est pas permis d'être, répondit-il. Il se serait retrouvé en taule si nous n'avions pas été si occupés !

— Mais son visage, ses vêtements, ne les avez-vous pas remarqués ? interrompit Holmes avec impatience.

— Pour sûr que je les ai remarqués, parce que j'ai soutenu le type avec Murcher ! C'était un grand gaillard qu'avait la face toute rouge. Un cache-nez lui enveloppait la moitié de la figure...

— Suffit ! s'écria Holmes. Qu'avez-vous fait de lui ?

— On avait assez à faire sans nous en charger, dit l'agent en se cabrant sous le reproche. Je parierais qu'il a fini par rentrer chez lui.

— Comment était-il vêtu ?

— Il avait un pardessus brun.

— Et un fouet à la main ?

— Un fouet ?... Non.

— Il l'avait sans doute laissé, murmura mon compagnon. Ensuite, vous n'avez pas par hasard vu ou entendu un fiacre ?

— Non.

— Prenez ce demi-souverain, dit Holmes en se levant. Je crains fort, John Rance, que vous n'ayez jamais d'avancement dans la police. Votre tête ne devrait pas vous servir seulement d'ornement. Vous auriez pu gagner les galons de sergent, la nuit dernière. L'homme que vous avez tenu entre vos mains est celui que nous recherchons ; c'est lui qui tient la clef du mystère. Inutile de discuter ; c'est ainsi. Partons, docteur ! »

Nous laissâmes notre informateur incrédule, mais évidemment mal à l'aise.

« L'imbécile ! dit Holmes avec amertume, pendant que le fiacre nous ramenait chez nous. Dire qu'il a eu une pareille chance et qu'il n'en a pas profité !

— Je ne vois pas encore clair, dis-je. Le signalement de l'ivrogne concorde bien avec l'idée que vous vous faisiez du meurtrier. Mais pourquoi serait-il retourné sur les lieux de son crime ? Ce n'est pas l'habitude des criminels.

— La bague, mon ami, la bague ! Voilà ce qu'il revenait chercher. S'il n'y a pas d'autre moyen de l'attraper, nous pourrons toujours appâter notre hameçon avec la bague. Je tiens mon homme, docteur ! Je parierais deux contre un que je le tiens ! Il faut que je vous remercie. Sans vous, je ne me serais peut-être pas dérangé, et j'aurais manqué la plus belle étude de ma vie. Une étude en rouge, n'est-ce pas ? Pourquoi n'utiliserions-nous pas un peu l'argot d'atelier ? Le fil rouge du meurtre se mêle à l'écheveau incolore de la vie. Notre affaire est de le débrouiller, de l'isoler et de l'exposer dans toutes ses parties. Et maintenant, à table ! Et ensuite, Norman Neruda ! Ses attaques et son coup d'archet sont magnifiques. Quelle est donc la petite chose de Chopin qu'elle joue si admirablement ? *Tra la la lira lira la.* »

Le limier amateur s'affala sur la banquette et se mit à chanter comme une alouette, tandis que je méditais sur la complexité de l'esprit humain.

V

NOTRE ANNONCE NOUS AMÈNE UNE VISITEUSE

Cet après-midi-là, j'étais à plat : les fatigues de la matinée avaient été excessives pour ma santé débile. Quand Holmes fut parti, je m'allongeai sur le canapé. J'essayai de dormir quelques heures, mais je n'y parvins pas. Tous ces événements m'avaient surexcité. Les fantaisies et les conjectures les plus folles l'emplissaient. Chaque fois que je fermais les yeux, je revoyais le visage simiesque et tourmenté du cadavre. Il m'avait fait une impression des plus sinistres. J'éprouvais presque de la reconnaissance envers celui qui l'avait expédié ! Si jamais face humaine exprima le vice dans toute sa malice, ce fut bien celle d'Enoch J. Drebber de Cleveland !... Ce qui ne m'empêchait pas d'admettre qu'il fallait bien que justice se fît. La dépravation de la victime ne constitue pas une excuse aux yeux de la loi.

L'homme, suivant l'hypothèse de mon compagnon, avait été empoisonné ; mais plus j'y réfléchissais, plus elle m'apparaissait invraisemblable. Pourtant, je le savais, elle reposait sur une observation : Holmes avait flairé les lèvres du cadavre... Et puis, quelle pouvait être la cause de la mort, sinon le poison ? Il n'y avait pas trace de blessure ni de strangulation. Mais d'autre part, ce sang qui avait éclaboussé le parquet de qui provenait-il ? Il n'y avait pas d'indice de lutte ; et, la victime, pour blesser son agresseur, ne disposait d'aucune arme. Tant que ces questions demeureraient sans réponse, nous aurions peine à nous endormir, Holmes et moi ! Son air tranquille m'avait donné à penser qu'il avait trouvé une explication cadrant avec tout. Mais laquelle ? Je n'arrivais pas à la deviner.

Son absence se prolongea. Le concert n'avait sûrement pas pu le retenir si longtemps. Quand il rentra, le dîner était servi.

« C'était magnifique ! dit-il en prenant place à table. Vous vous rappelez ce que Darwin dit de la musique ? Il prétend que, chez les hommes, la faculté de la produire et de l'apprécier a précédé de beaucoup la parole. C'est peut-être pour cela que l'influence qu'elle exerce sur nous est si profonde. Les premiers siècles de la préhistoire ont laissé dans nos âmes de vagues souvenirs.

— Voilà une idée bien vaste ! dis-je.

— Nos idées doivent être aussi vastes que la nature pour pouvoir en rendre compte, répondit-il. Mais qu'est-ce que vous avez ? Vous ne semblez pas être dans votre assiette. Cette histoire de Lauriston Gardens vous a bouleversé ?

— Oui, je l'avoue ! dis-je. Mes expériences dans l'Afghanistan auraient dû m'endurcir davantage. J'ai vu mes propres camarades taillés en pièces sans perdre mon sang-froid.

— Je comprends cela. Il y a dans cette affaire un mystère qui met l'imagination en branle. L'horreur ne va pas sans l'imagination. Avez-vous lu les journaux du soir ?

— Non.

— Ils rendent assez bien compte de l'affaire. Mais tous omettent de parler de la bague. C'est tant mieux.

— Comment cela ?

— Jetez un coup d'œil sur cet avis, répondit-il. Je l'ai envoyé à tous les journaux, ce matin. »

Il me passa le journal par-dessus la table et je regardai à la place indiquée. C'était la première annonce dans la colonne « Objets trouvés ». Elle était conçue en ces termes : « Ce matin, à Brixton Road, on a trouvé une alliance en or uni, sur la chaussée entre la taverne du *Cerf Volant* et Holland Grove. S'adresser au docteur Watson, 221 b, Baker Street, entre huit et neuf heures du soir. »

« Je m'excuse de m'être servi de votre nom, dit-il. Si j'avais donné le mien, quelques-uns de ces lourdauds l'auraient reconnu et ils auraient voulu se mêler de mes affaires.

— Vous avez bien fait ! répondis-je. Mais je n'ai pas d'alliance : pour peu que quelqu'un vienne...

— Pardon ! vous en avez une, fit-il en me remettant une bague. Celle-ci fera très bien l'affaire. C'est presque un fac-similé.

— Et qui cet avis nous amènera-t-il ?

— Parbleu, l'homme au vêtement brun, notre ami aux joues rubicondes et aux talons carrés ! S'il ne se présente pas en personne, il enverra un complice.

— Cette démarche ne lui semblera-t-elle pas trop compromettante ?

— A mon avis, pas. Si mes suppositions sont justes, et j'ai tout lieu de le croire, cet homme risquera tout pour récupérer la bague. Pour moi, il l'a perdue en se penchant sur le cadavre de Drebber. Sur le coup, il ne s'en est pas aperçu. C'est après avoir quitté la maison qu'il a constaté sa disparition. Alors, il est revenu sur ses pas, en toute hâte ! Mais, par sa propre faute, parce qu'il avait laissé la bougie allumée, la police était déjà sur les lieux. Il simula l'ivresse pour écarter les soupçons qu'aurait pu faire naître son apparition à la grille. Maintenant, mettez-vous à la place de cet homme. Après réflexion, il doit s'être dit qu'il a peut-être perdu la bague dehors, sur la route. Alors que faire ? Parcourir avec empressement les journaux du soir pour voir si la bague se trouve au nombre des objets trouvés. Naturellement, mon avis lui saute aux yeux. Il exulte. Pourquoi soupçonnerait-il un piège ? Il ne peut imaginer que le docteur Watson établisse un rapport entre la bague et le meurtre. Il viendra. Il vient. Vous le verrez dans une heure.

— Et alors ? demandai-je.

— Je peux me charger de lui tout seul. Avez-vous des armes ?

— Mon vieux revolver d'ordonnance avec quelques cartouches.

— Vous feriez bien de le nettoyer et de le charger. Il se débattra avec l'énergie du désespoir. Je compte le prendre par surprise, mais il vaut mieux nous prémunir contre tout. »

J'allai dans ma chambre et je fis ce qu'il m'avait conseillé. Quand je revins avec mon pistolet, on avait enlevé le couvert. Holmes grattait son violon.

« Cela se corse ! dit-il, tout en continuant à se livrer à son occupation favorite. Je reçois à l'instant une réponse d'Amérique. Je ne me suis pas trompé.

— C'est-à-dire ? demandai-je avec curiosité.

— Si mon violon avait des cordes neuves, il n'en vaudrait que mieux, dit-il. Mettez votre pistolet dans votre poche. Quand le type sera là, parlez-lui d'un ton naturel. Je me charge du reste. Ne l'effrayez pas en le regardant avec trop d'insistance.

— Il est maintenant vingt heures, dis-je en consultant ma montre.

— Oui, quelques minutes encore. Entrouvrez la porte. C'est bien comme ça. Maintenant mettez la clef à l'intérieur. Merci. Voilà un curieux vieil ouvrage que j'ai trouvé hier chez un bouquiniste, *De Jure inter Gentes*, publié en latin à Liège, dans les Pays-Bas, en 1642. La tête de Charles Ier était encore solide sur ses épaules quand le papier de ce petit volume à dos brun fut tranché !...

— Quel est le nom de l'imprimeur ?

— Un Philippe de Croy quelconque. Sur la feuille de garde se trouvent ces mots d'une encre jaunie : « Ex libris Gulielmi Whyte. » Je me demande ce qu'était ce William Whyte. Quelque imposant homme de loi du XVIIe siècle, je suppose. Son écriture a la tournure du droit !... Je crois que voici notre homme. »

Au même instant retentit un bref coup de sonnette. Doucement Sherlock Holmes se leva et rapprocha sa chaise de la porte. Les pas de la servante résonnèrent dans le vestibule. D'un bruit sec, elle fit sauter le loquet.

« C'est ici qu'habite le docteur Watson ? » demanda une voix distincte, mais un peu éraillée.

La réponse ne parvint pas à nos oreilles. La servante referma la porte. Quelqu'un se mit à monter l'escalier, d'un pas incertain et traînant qui surprit mon compagnon, puis avança avec lenteur dans le corridor et frappa doucement.

« Entrez ! » criai-je.

Au lieu de l'homme robuste et violent que nous attendions, nous vîmes entrer, traînant la jambe, une très vieille femme au visage tout ridé. Elle fit une révérence, puis se mit à fouiller dans sa poche ; elle avait des doigts nerveux, fébriles ; éblouis par l'éclat soudain de la lumière, ses yeux larmoyants, tournés vers nous, clignotaient.

Je regardai mon compagnon et manquai d'éclater de rire : il avait l'air si désappointé !

La vieille finit par trouver un journal du soir et, montrant du doigt notre annonce :

« C'est ça qui m'a amenée ici, mes bons messieurs ! dit-elle avec une seconde révérence. La bague en or... Brixton Road... Elle appartient à ma fille Sally, qu'était mariée seulement depuis un an à son mari qu'est garçon de cabine à bord d'un bateau de l'Union ; et qu'est-ce qui dira si vient et la trouve sans sa bague, je n'ose pas y penser, lui qu'est déjà brutal dans ses meilleurs moments, mais quand il a bu !... Si vous voulez savoir, Sally est allée au cirque, la nuit dernière, en compagnie de...

— Cette bague est-elle la sienne ? demandai-je.

— Dieu soit loué ! s'écria la vieille. C'est Sally qui va être contente, cette nuit ! C'est bien là sa bague.

— Et quelle est votre adresse ? demandai-je en prenant un crayon.

— 13, rue Duncan, Houndsditch. Un fichu bout d'ici !

— Il n'y a pas de cirque entre Brixton Road et Houndsditch », fit sèchement Sherlock Holmes.

La vieille femme tourna vers lui ses petits yeux bordés de rouge.

« C'est mon adresse que le monsieur m'a demandée, dit-elle. Sally, elle, vit en garni au n° 3, Mayfield Place, Peckham.

— Et votre nom est ?...

— Mon nom est Sawyer et le nom de ma fille est Dennis, et Tom Dennis est son mari — un bon gars, au fond, et intelligent avec ça. Tant qu'y est en mer, pas de garçon de cabine plus considéré ; mais, dame, à terre, ce qu'avec les femmes et ce qu'avec les débits de boisson...

— Emportez la bague, madame Sawyer, interrompis-je sur un signe de mon compagnon. Il est clair qu'elle appartient à votre fille ; et je suis heureux de pouvoir la restituer à sa légitime propriétaire. »

Tout en marmottant des bénédictions et des protestations de reconnaissance, la vieille taupe empocha la bague et elle descendit l'escalier en traînant le pied. Sitôt qu'elle fut partie, Sherlock Holmes se précipita dans sa chambre. L'instant d'après, il en sortait emmitouflé dans un ulster et un cache-nez.

« Je vais la filer, dit-il vivement. Ce doit être une complice. Elle me conduira chez l'assassin. Attendez-moi. »

La porte d'entrée venait à peine de se refermer sur la visiteuse que Holmes dégringola l'escalier. De la fenêtre, je le vis suivre de près la vieille femme clopinant de l'autre côté de la rue. Ou toute sa théorie est fausse, pensai-je, ou il va être conduit au cœur du mystère. Il m'avait prié bien inutilement de l'attendre : je sentais qu'il me serait impossible de dormir avant de connaître le résultat de sa démarche.

Il était environ neuf heures quand il sortit. J'ignorais à quelle heure il rentrerait. Je m'installai stoïquement, avec ma pipe et la *Vie de Bohême* de Murger. Je tirais des bouffées et je sautais des pages. Dix heures sonnèrent. J'entendis le trottinement de la bonne qui allait se coucher. Onze heures. Le pas plus majestueux de la logeuse la conduisit à la même destination. Vers minuit, le bruit sec d'une clef m'avertit du retour de mon ami. Dès la porte, je vis à son air qu'il revenait bredouille. L'amusement et le dépit semblaient se disputer sa figure. Mais finalement Sherlock Holmes partit d'un franc éclat de rire.

« Je ne voudrais pas pour tout l'or du monde que Scotland Yard apprît mon histoire ! s'écria-t-il en tombant sur une chaise. Ses hommes m'en rebattraient à jamais les oreilles pour se venger de tous mes sarcasmes ! Je peux me permettre de rire, parce que je sais que, tôt ou tard, je prendrai ma revanche.

— Qu'est-ce qui s'est passé ? demandai-je.

— Je vais vous faire rire à mes dépens, mais peu importe ! La vieille a traîné la jambe un bout de chemin, puis elle a fait semblant d'avoir mal à un pied. Elle s'est arrêtée et elle a hélé un fiacre qui se trouvait à passer. Je me suis arrangé pour être à portée de sa voix. Mais c'était une précaution tout à fait inutile : elle a crié son adresse de manière à être entendue de l'autre côté de la rue. « Conduisez-moi

au numéro 13 de la rue Duncan, Houndsditch ! »
Cela prenait tournure de vérité. Quand je l'ai eu vue
bien installée à l'intérieur, je me suis perché à
l'arrière. C'est un art dans lequel tout détective
devrait exceller. Puis nous avons roulé sans arrêt
jusqu'à la maison en question. Avant d'arriver devant
la porte, j'ai sauté et j'ai fait à pied le reste du chemin, nonchalamment. Le fiacre s'est arrêté. Le
cocher est descendu. Il a ouvert la portière et il a
attendu. Quand je me rapprochai de lui, il fouillait
avec furie sa voiture vide en dévidant tout un chape-
let de blasphèmes. De la voyageuse, plus signe ni
trace ! Je crains qu'il ne touche pas de sitôt le prix de
sa course. Au numéro 13, nous avons appris que la
maison appartient à un honnête colleur de papiers
peints, qui s'appelle Keswick, et qui n'a jamais
entendu parler ni de Sawyer ni de Dennis.

— Vous ne voulez pas dire, m'écriai-je au comble
de l'étonnement, que cette faible vieillarde soit sortie
à votre insu du fiacre en marche ?

— Le diable soit de la vieille femme ! dit Sherlock
Holmes. C'est nous qui nous sommes laissé berner
comme des vieilles femmes ! C'était sûrement un
homme jeune et actif, et, de plus, un excellent comé-
dien. Le déguisement était impayable. Il s'en est
servi pour me semer. Ceci prouve que l'homme que
nous recherchons n'est pas si isolé que je me l'ima-
ginais. Il a des amis prêts à s'exposer pour lui...
Docteur, vous avez l'air vanné ! Allez vous coucher, si
vous m'en croyez. »

J'obéis de bonne grâce à cette injonction : je me
sentais à bout de forces. Holmes resta assis devant le
feu qui couvait sous la cendre. Il médita longuement
sur le problème qu'il avait à cœur de résoudre.

Fort avant dans la nuit, j'entendis en effet les
gémissements mélancoliques de son violon.

VI

TOBIAS GREGSON MONTRE SON
SAVOIR-FAIRE

Les journaux du lendemain ne parlaient que du « mystère de Brixton ». Tous en donnaient un compte rendu détaillé ; certains y consacraient même leur article de tête. Ils contenaient quelques renseignements nouveaux. J'ai gardé dans mes archives plusieurs coupures se rapportant à cette affaire. En voici un résumé.

D'après le *Daily Telegraph*, les annales du crime fournissaient peu d'exemples de tragédies accomplies dans des circonstances plus mystérieuses. Le nom allemand de la victime, l'absence de tout mobile, la sinistre inscription sur le mur, tout dénonçait la main de réfugiés politiques et de révolutionnaires. Les socialistes comptaient aux Etats-Unis de nombreux adeptes. C'était ceux-ci qui, de toute évidence, avaient expédié Drebber pour une infraction quelconque à leurs lois non écrites. Après une brève allusion aux justiciers de la Sainte-Vehme, à l'*aquatofana*, aux carbonari, à la marquise de Brinvilliers, à la théorie de Darwin, aux principes de Malthus et aux brigands de grand chemin de Ratcliff, l'article s'achevait sur une remontrance au gouvernement : il préconisait une surveillance plus étroite des étrangers en Angleterre.

Les commentaires du *Standard* roulaient sur le fait que de tels outrages à la morale publique avaient généralement lieu sous un gouvernement libéral. Ils étaient un effet de l'ébranlement des convictions dans les masses populaires et de l'affaiblissement subséquent de toute autorité. La victime était un Américain qui séjournait à Londres depuis quelques semaines. Il avait pris pension chez Mme Charpentier à Torquay Terrace. Camberwell. Il avait pour compagnon de voyage son secrétaire particulier,

M. Joseph Stangerson. Tous deux avaient pris congé
de leur hôtesse le mardi 4 courant et ils étaient partis
pour la gare d'Euston avec l'intention déclarée de
prendre l'express de Liverpool. On les avait vus
ensuite sur le quai. De ce moment jusqu'à la découverte du cadavre de M. Drebber, dans une maison
inhabitée route de Brixton — à plusieurs kilomètres
d'Euston — on ne savait pas ce qu'ils avaient fait.
Qui avait amené Drebber dans cette maison ? De
quelle manière y avait-il trouvé la mort ? Mystère !
On ignorait encore tout des allées et venues de Stangerson. On était heureux d'apprendre que MM. Lestrade et Gregson, tous deux de Scotland Yard, ins-
truisaient conjointement cette affaire. Le crédit dont
jouissaient ces deux officiers de police en faisait
augurer l'éclaircissement à brève échéance.

Pour le *Daily News*, le caractère politique du crime
ne faisait point de doute. Le despotisme, la haine du
libéralisme qui inspiraient les gouvernements du
continent avaient eu pour effet d'attirer chez nous
un grand nombre d'hommes qui auraient été d'excel-
lents citoyens sans le souvenir amer des persécu-
tions qu'ils avaient subies. Toute infraction au code
d'honneur qui régissait ces hommes était punie de
mort. Il ne fallait rien négliger pour trouver le secrétaire, Stangerson, et pour connaître certaines particularités des habitudes de Drebber. On avait fait un
grand pas en découvrant l'adresse de la maison où il
avait pris pension. Le résultat en était entièrement
dû à la finesse et à la ténacité de M. Gregson de
Scotland Yard.

Sherlock Holmes et moi, nous lûmes ces articles
en prenant notre petit déjeuner. Sherlock Holmes
s'en amusa beaucoup.

« Qu'est-ce que je vous avais dit ? De toute façon,
Lestrade et Gregson triompheront !

— Cela dépendra de la tournure des événements.

— Mais non, pas du tout ! Si l'homme est pincé,
ce sera grâce à leurs efforts ; s'il échappe, ce sera en
dépit de leurs efforts : c'est « face, je gagne ; pile, tu

perds » ! Quoi qu'ils fassent, ils auront des admirateurs. *Un sot trouve toujours un plus sot qui l'admire*.

— Que se passe-t-il ? » m'écriai-je.

Tout à coup le trépignement de pas nombreux dans le vestibule puis dans l'escalier s'était fait entendre, mêlé à de très sonores expressions de dégoût de notre logeuse.

« C'est la section de police secrète de Baker Street », dit gravement mon compagnon.

Au même instant firent irruption dans notre pièce une demi-douzaine de gamins des rues ; les plus sales et les plus déguenillés que j'eusse jamais vus.

« Garde à vous ! » cria Holmes d'une voix de stentor.

Aussitôt les six petits drôles se mirent en rang comme autant de statuettes minables.

« A l'avenir, dit mon compagnon, Wiggins seul me présentera votre rapport. Vous l'attendrez dans la rue. Vous l'avez découvert, Wiggins ?

— Non, monsieur, pas encore, dit un des enfants.

— Je ne m'attendais pas à ce que vous réussissiez du premier coup. Poursuivez vos recherches. Voici votre salaire... »

Il remit à chacun d'eux un shilling.

« Maintenant filez ! Faites-moi un meilleur rapport, la prochaine fois ! »

Il fit un signe. Ils dévalèrent l'escalier, comme des souris. L'instant d'après, dans la rue, ils perçaient l'air de leurs cris.

« Il y a davantage à obtenir d'un de ces petits mendiants que d'une douzaine de détectives, dit Holmes. La seule vue d'une personne à l'air officiel coud les lèvres des gens. Ces gosses vont partout, ils entendent tout. Et puis ils sont finauds. Tout ce qui leur manque, c'est l'organisation.

— Est-ce que vous vous servez d'eux pour le crime de Brixton ? demandai-je.

— Oui. Je veux m'assurer de quelque chose. C'est simplement une affaire de temps. Holà ! nous allons entendre parler de vengeance ! Voici Gregson qui descend la rue, le visage radieux. Il vient sûrement nous voir. Oui, il s'arrête... Il sonne ! »

La sonnette fut tirée violemment et, en quelques secondes, le détective blond avait monté quatre à quatre l'escalier et fait irruption dans notre salon.

« Mon cher, s'écria-t-il en tordant la main molle de Holmes, félicitez-moi ! J'ai rendu l'affaire aussi claire que le jour ! »

Je crus voir passer une ombre d'anxiété sur le visage expressif de mon compagnon.

« Seriez-vous sur la bonne piste ? demanda-t-il.

— La bonne piste ! Nous avons arrêté le meurtrier !

— Et quel est son nom ?

— Arthur Charpentier, sous-lieutenant dans la marine de l'Etat », articula pompeusement Gregson.

Il gonflait sa poitrine et frottait ses mains grassouillettes.

Sherlock Holmes poussa un soupir de soulagement. Le sourire reparut sur ses lèvres.

« Asseyez-vous et prenez un cigare, dit-il. Nous sommes impatients de savoir comment vous vous y êtes pris. Du whisky avec de l'eau ?

— Volontiers, reprit le détective. Les terribles efforts que j'ai fournis ces deux derniers jours m'ont complètement épuisé. Pas tant l'effort physique cependant que l'effort d'imagination. Vous savez ce que c'est monsieur Sherlock Holmes ? Vous aussi, vous travaillez avec votre tête !

— Vous me faites beaucoup d'honneur, dit gravement Sherlock Holmes. Expliquez-nous comment vous êtes parvenu à cet heureux résultat. »

Le détective s'installa dans le fauteuil et tira quelques bouffées de son cigare ; puis soudain, au paroxysme de la gaieté, il se frappa la cuisse.

« Le plus drôle, s'écria-t-il, c'est que cet imbécile de Lestrade, qui se croit si malin, s'est complètement fourvoyé. Il recherche partout le secrétaire Stangerson qui n'a pas plus trempé dans le crime qu'un bébé qui va naître. Je suis sûr qu'il l'a trouvé, à l'heure qu'il est ! »

Cette idée fit tant rire Gregson qu'il s'étouffa.

« Comment avez-vous trouvé la clef du mystère ?

— Je vais tout vous dire. Bien entendu, docteur Watson, ceci doit rester entre nous. D'abord, il s'agissait de connaître les antécédents de l'Américain. D'autres auraient attendu qu'on réponde à leurs annonces dans les journaux ou bien encore que des complices apportent d'eux-mêmes des renseignements ! Ce n'est pas comme ça que travaille Tobias Gregson. Vous souvenez-vous du chapeau placé près de la victime ?

— Oui, dit Holmes. Il portait le nom et l'adresse du chapelier : John Underwold et fils, 129, Camberwell Road. »

Gregson perdit contenance.

« Vous l'aviez remarqué ? dit-il, le visage allongé. Vous êtes allé à Camberwell Road ?

— Non.

— Ah ! fit Gregson en se redressant. Il ne faut jamais négliger une chance, si petite qu'elle soit !

— Rien n'est petit pour un grand esprit, dit sentencieusement Holmes.

— Eh bien, moi, je suis allé voir Underwood ! Je lui ai demandé s'il avait vendu un chapeau de tel tour de tête et de telle forme... Il a ouvert son livre et il a trouvé tout de suite, il avait envoyé le chapeau à un M. Drebber, demeurant à la pension Charpentier, Torquay Terrace. Voilà comment je me suis procuré l'adresse.

— Malin, très malin ! murmura Sherlock Holmes.

— Ensuite, j'ai interrogé Mme Charpentier, continua le détective. Je l'ai trouvée très pâle, angoissée. Sa fille était présente (une fort jolie fille !), ses yeux étaient rouges et ses lèvres tremblaient quand je lui parlais. Cela n'a pas échappé à mon attention : il y avait quelque anguille sous roche. Vous connaissez cette impression, monsieur Sherlock Holmes :

quand on tombe sur la bonne piste, on éprouve un petit pincement, là...

« Avez-vous entendu parler de la mort mystérieuse de votre ex-pensionnaire, Enoch Drebber, de Cleveland ? » ai-je demandé.

« La mère fit signe que oui. Elle semblait avoir peine à parler. Et la fille a fondu en larmes. Alors, là, je les ai vraiment soupçonnées de savoir quelque chose.

« A quelle heure M. Drebber a-t-il quitté votre maison pour se rendre à la gare ?

« — A huit heures, a-t-elle répondu avec effort. Son secrétaire, M. Stangerson, avait indiqué deux trains, l'un à neuf heures quinze et l'autre à onze heures. M. Drebber avait choisi le premier.

« — C'est la dernière fois que vous l'avez vu ? »

« Le visage de la femme a changé terriblement. Elle est devenue livide. Elle a été quelques secondes avant de pouvoir dire seulement oui, et encore l'a-t-elle fait d'un ton voilé, pas naturel.

« Alors il y a eu un moment de silence. Puis la jeune fille s'est jetée à l'eau :

« Il ne peut rien sortir de bon d'un mensonge, maman, dit-elle d'une voix claire et assurée. Soyons franches avec ce monsieur. Nous avons revu M. Drebber.

« — Que Dieu te pardonne ! s'est écriée Mme Charpentier en levant les bras au ciel et en se renversant sur sa chaise. Tu as tué ton frère.

« — Arthur m'approuverait, répondit la jeune fille, d'un ton ferme.

« — Vous feriez mieux de me dire tout maintenant, leur ai-je conseillé. Un demi-aveu est pire qu'une dénégation. D'ailleurs, vous ne savez pas à quel point nous sommes renseignés.

« — C'est toi qui l'auras voulu, Alice ! » s'écria la mère.

« Puis, se tournant vers moi :

« Je vais tout vous dire, monsieur. Vous voyez, je suis troublée. N'allez pas vous imaginer, cependant, que j'ai peur de voir mon fils impliqué dans cette horrible affaire. Non, il est parfaitement innocent ! Si je crains quelque chose, c'est qu'il ne soit compromis à vos yeux et à ceux des autres. Mais c'est impossible, certainement ! Son caractère élevé, sa profession, ses antécédents, tout empêcherait cela.

« — Avouez-moi tout, c'est ce que vous avez de mieux à faire, lui ai-je répondu. Cela ne nuira pas à votre fils s'il est innocent, je vous le garantis. »

« Alors, sur la prière de sa mère, la jeune fille s'est retirée.

« Mon intention, monsieur, a-t-elle continué, était de ne rien vous dire. Mais, puisque ma fille a commencé à parler, je n'ai plus le choix. Maintenant que je suis décidée, je n'omettrai aucun fait.

« — C'est ce qu'il y a plus sage, ai-je dit.

« — M. Drebber est resté chez nous à peu près trois semaines. Il avait voyagé auparavant sur le continent avec M. Stangerson, son secrétaire. Le dernier endroit où ils avaient séjourné, c'était Copenhague ; j'avais remarqué que chacune de leurs malles en portait l'étiquette. Stangerson était un homme calme, réservé ; mais son patron, je regrette de le dire, était tout le contraire. Des habitudes grossières, des manières brutales. La nuit même de son arrivée, il s'est enivré. En fait, chaque jour, à partir de midi, il était ivre. Il se permettait avec les bonnes des libertés et des familiarités dégoûtantes. Le pire de tout, c'est qu'il n'a pas respecté non plus ma fille Alice. Il lui a tenu des propos qu'elle est heureusement trop innocente pour comprendre. Une fois, il l'a prise dans ses bras et il l'a embrassée. Alors son propre secrétaire lui a reproché sa conduite malhonnête.

« — Mais pourquoi avez-vous supporté tout cela ? ai-je demandé. Vous pouvez renvoyer vos pensionnaires quand bon vous semble, j'imagine. »

« Mme Charpentier rougit.

« J'aurais dû lui donner son congé dès le premier jour ! soupira-t-elle. Mais c'était une tentation cruelle. Chacun d'eux payait une livre par jour, soit quatorze livres par semaine ; et c'est la morte saison. Je suis veuve ; mon fils, dans la marine, m'a coûté cher. J'hésitais à perdre cet argent. J'ai patienté. Mais l'insulte faite à ma fille, c'en était trop ! Je lui ai enfin donné son congé. Voilà pourquoi il est parti.

« — Et alors ?

« — Quel soulagement ç'a été pour moi quand je l'ai vu s'en aller ! Mon fils est en ce moment en permission. Je ne lui ai rien dit de tout cela, parce qu'il est emporté, et qu'il adore sa sœur. Quand j'ai refermé la porte sur ces Américains, ça m'a ôté un poids de dessus la poitrine !... Hélas ! moins d'une heure après, ce Drebber était de retour ! Plus ivre que jamais. Il a pénétré de force dans le salon où je me trouvais avec Alice et il a dit en bredouillant qu'il avait manqué le train, à ce que, du moins, j'ai pu comprendre. Puis il s'est retourné vers ma fille et, à mon nez, il lui a proposé de s'enfuir avec lui ! « Vous avez le droit, disait-il. Vous êtes majeure. J'ai de l'argent en quantité, plus qu'il ne m'en faut. Ne tenez pas compte de la vieille. Venez tout de suite. Vous serez comme une princesse. » La pauvre petite était terrifiée. Elle a reculé, mais lui l'a saisie au poignet et il l'a traînée vers la porte. Alors j'ai crié. Arthur est arrivé. Ce qui s'est passé ensuite, je ne peux pas vous le dire. Je n'osais pas regarder, tellement j'avais peur. Ç'a été des jurons, puis des coups !... A la fin, quand j'ai relevé la tête, j'ai vu Arthur qui riait devant la porte, sa canne à la main. « Je ne pense pas que ce joli monsieur revienne nous embêter, a-t-il dit. Je vais le suivre un peu pour m'en assurer. » Il a mis son chapeau et il est sorti. C'est le lendemain que nous avons appris la mort mystérieuse de M. Drebber. »

« Sa déposition avait été coupée de soupirs et de sanglots. A certains moments, elle parlait si bas que j'avais peine à l'entendre. J'ai pu cependant prendre des notes sténographiques de tout ce qu'elle m'a dit, afin qu'il n'y eût pas d'erreur possible.

— C'est très excitant, fit Sherlock Holmes en bâillant. Comment tout cela a-t-il fini ?

— Quand Mme Charpentier a eu terminé, reprit le détective, j'ai vu que tout reposait sur un point. Je l'ai regardée fixement, d'une manière qui m'a toujours semblé faire beaucoup d'effet sur les femmes ; et je lui ai demandé à quelle heure son fils était rentré.

« Je ne sais pas, répondit-elle.

« — Vous ne savez vraiment pas ?

« — Non. Arthur a sa clef et...

« — Etiez-vous couchée quand il est rentré ?

« — Oui.

« — A quelle heure vous êtes-vous couchée ?

« — Vers vingt-trois heures.

« — Par conséquent, votre fils a été absent pendant deux heures au moins ?

« — Oui.

« — Peut-être pendant quatre ou cinq heures ?

« — Oui.

« — Que faisait-il pendant ce temps-là ?

« — Je ne sais pas. »

« Elle était devenue pâle jusqu'aux lèvres.

« Ce qu'il me restait à faire était tout simple. J'ai découvert où se planquait le lieutenant Charpentier ; j'ai pris deux agents et je l'ai arrêté. Quand je lui ai touché l'épaule, et que je l'ai engagé à nous suivre sans résistance, il m'a répondu avec un front d'airain : « Je suppose qu'on me soupçonne d'avoir trempé dans le meurtre de ce vaurien de Drebber ! » Comme nous ne lui en avions pas dit un mot, cette allusion était des plus suspectes.

— En effet ! dit Holmes.

— Il avait encore la lourde canne avec laquelle, d'après sa mère, il avait suivi Drebber. Un solide gourdin de chêne.

— Et quelle est votre théorie ?

— La voici : le lieutenant a suivi Drebber jusqu'à Brixton Road. Là, nouvelle altercation ; Drebber reçoit un coup, peut-être au creux de l'estomac, qui ne laisse pas de trace... Il tombe raide mort. Grâce à la pluie, pas de témoin. Charpentier traîne le cadavre dans la maison vide. Mais la bougie, le sang, l'ins-

cription sur le mur et la bague ? me direz-vous. C'est,
à mon avis, une mise en scène destinée à tromper la
justice.

— Très bien ! dit Holmes d'un ton encourageant.
Vraiment, Gregson, vous êtes en progrès. Nous
ferons quelqu'un de vous.

— Ma foi, répondit le détective en se rengorgeant,
j'ai mené rondement l'affaire ! Le jeune homme a
avoué de lui-même avoir suivi Drebber quelque
temps. Mais il a prétendu ensuite que, s'étant senti
filé, ce dernier avait pris un fiacre pour le semer. En
revenant chez lui, Charpentier aurait rencontré un
vieux camarade de bordée et il aurait fait avec lui
une longue marche. Où habite ce vieux camarade ? Il
ne le sait pas lui-même ! Mon explication est cohé-
rente dans toutes ses parties. Ce qui m'amuse, c'est
de savoir Lestrade lancé sur une fausse piste. Il perd
son temps. Hé ! le voici en chair et en os ! »

C'était bien Lestrade, mais sans l'air désinvolte et
pimpant qui lui était habituel. Son visage était bouleversé ; sa tenue, négligée. Il venait évidemment
consulter Sherlock Holmes : en apercevant son collègue, il parut très contrarié. Planté au milieu de la
salle, il tourna et retourna son chapeau entre ses
doigts tremblants. A la fin, il se décida à parler.

« C'est, dit-il, l'affaire la plus extraordinaire, la
plus incompréhensible.

— Ah ! vous trouvez, monsieur Lestrade ! cria
Gregson, triomphant. Je savais bien que vous abou-
tiriez à cette conclusion. Avez-vous réussi à découvrir le secrétaire, M. Joseph Stangerson ?

— M. Joseph Stangerson, dit Lestrade d'un ton
grave, a été assassiné vers six heures du matin à
Holiday's Private Hotel. »

VII

LA LUMIÈRE LUIT DANS LES TÉNÈBRES

La nouvelle nous frappa de stupeur. En se relevant d'un bond, Gregson répandit le reste de son whisky. Je regardai en silence Sherlock Holmes. Il pinçait les lèvres et fronçait les sourcils.

« Stangerson aussi ! murmura-t-il. Ça se complique.

— C'était déjà bien assez compliqué comme ça ! grommela Lestrade en approchant une chaise. On dirait que je suis tombé dans une espèce de conseil de guerre.

— Etes-vous... êtes-vous tout à fait sûr de cette nouvelle ? balbutia Gregson.

— Je sors à l'instant de sa chambre d'hôtel, dit Lestrade. J'ai été le premier à découvrir ce nouveau meurtre.

— Gregson vient de nous faire part de son opinion sur l'affaire, dit Holmes. A votre tour, monsieur Lestrade, dites-nous ce que vous avez vu et ce que vous avez fait, si, toutefois, vous n'y voyez pas d'objection.

— Je n'en vois aucune, répondit Lestrade en s'asseyant. Je vous avouerai franchement que j'ai cru que Stangerson était pour quelque chose dans la mort de Drebber. (Ce fait nouveau m'a montré que je m'étais trompé.) Pénétré de cette idée, je me suis mis à la recherche du secrétaire. Le 3 au soir, vers huit heures et demie, on l'avait vu à la gare d'Euston, en compagnie de Drebber. Or, le cadavre de ce dernier avait été découvert à Brixton Road à deux heures du matin. Il s'agissait donc de savoir ce que Stangerson avait fait dans l'intervalle et depuis lors. J'ai télégraphié son signalement à Liverpool avec avis de surveiller les bateaux américains. Puis je me suis mis à perquisitionner dans tous les hôtels et meublés du voisinage d'Euston. Voici quel était mon raisonnement. Si Drebber et son compagnon s'étaient séparés, ce dernier avait dû se loger pour la nuit dans le voisinage, le lendemain matin, afin de flâner aux abords de la gare.

— Ils s'étaient sans doute donné rendez-vous quelque part, dit Holmes.

— C'est ce que la suite a montré. J'ai passé toute la soirée d'hier à chercher. J'ai continué de très bonne heure, ce matin. A huit heures, je suis entré à *Holiday's Private Hotel*, dans Little George Street. Je demande si un M. Stangerson loge actuellement à l'hôtel.

« Vous êtes sans doute le monsieur qu'il attend, répondit-on. Il vous attend depuis deux jours.

« — Où pourrais-je le trouver ?

« — Il dort là-haut. Il a demandé qu'on le réveille à neuf heures.

« — Je monte tout de suite », ai-je dit.

« Dans mon idée, mon apparition soudaine, devait lui faire lâcher une parole. Le garçon d'étage s'est offert à me conduire. C'était au second. Il y avait un petit couloir à traverser. Le garçon m'avait indiqué la porte et il s'apprêtait à redescendre ; le cri que j'ai poussé l'a fait revenir sur ses pas. Ce que je venais d'apercevoir m'avait bouleversé, malgré mes vingt ans d'expérience. Un filet de sang avait coulé sous la porte ; il avait serpenté à travers le couloir et il avait formé une petite mare le long de la plinthe. En voyant cela, le garçon a manqué tomber dans les pommes ! La porte était fermée en dedans. Nous l'avons enfoncée à coups d'épaule. La fenêtre de la chambre était ouverte et, près de la fenêtre, tout recroquevillé, gisait le corps d'un homme en chemise de nuit. Il était bel et bien mort, et il l'était depuis assez longtemps : ses membres étaient rigides et glacés. Nous l'avons retourné. Le garçon l'a reconnu tout de suite. C'était bien le monsieur qui avait loué la chambre sous le nom de Joseph Stangerson. Sa mort avait été causée par une entaille profonde au côté gauche. Le cœur a dû être atteint. J'arrive à la partie la plus étrange de l'affaire. Devinez ce que j'ai trouvé au-dessus du cadavre. »

Je frémis d'horreur avant même que Sherlock Holmes répondît :

« Le mot RACHE en lettres de sang.

— Exactement », dit Lestrade d'une voix blanche. Il y eut un moment de silence.

L'assassin inconnu rendait ses crimes encore plus horribles en les accomplissant avec autant de méthode que de mystère. Mon système nerveux, qui avait tenu bon sur le champ de bataille, commença à flancher.

« On a vu l'assassin, reprit Lestrade. Un garçon laitier, qui se rendait à son travail, est passé par la ruelle entre l'écurie et le derrière de l'hôtel. Il a remarqué qu'une échelle, ordinairement couchée là, avait été dressée contre une des fenêtres du second, qui était grande ouverte. Après avoir dépassé l'hôtel, il s'est retourné et il a vu un homme descendre l'échelle. Il la descendait tout naturellement, sans précipitation, si bien qu'il l'a pris pour un menuisier ou un charpentier. « Il est de bonne heure à l'œuvre, celui-là ! » a-t-il pensé sans y attacher plus d'importance. D'après lui, l'homme est grand, il a un visage rougeaud et il porte un long vêtement brun foncé. Il doit être resté quelque temps dans la chambre à la suite de son crime : nous avons trouvé de l'eau teintée de sang dans une cuvette où il s'est lavé les mains, et des taches de sang sur les draps : il y a essuyé son couteau ! »

Le signalement de l'assassin correspondait de point en point à la description qu'avait faite de lui Sherlock Holmes au moyen de quelques observations éparses. Je lui jetai un coup d'œil. Il n'y avait sur son visage aucune trace de fierté.

« Vous n'avez rien trouvé dans la chambre qui puisse nous renseigner sur le meurtrier ? demanda-t-il.

— Rien. Stangerson avait dans sa poche le portefeuille de Drebber. Cela semble assez naturel, puisque c'est lui qui réglait les dépenses. Il y avait à peu de chose près quatre-vingts livres ; on n'a rien pris. Le mobile de ces crimes extraordinaires est tout ce qu'on voudra, mais pas le vol. Il n'y avait ni papiers ni notes dans les poches du mort, à part un simple télégramme daté de Cleveland et remontant à un mois environ. Il contenait ce court message : « J. H. est en Europe. » Sans signature.

— Rien d'autre ? demanda Holmes.

— Le reste n'avait pas d'importance. Le roman que Stangerson avait lu pour s'endormir était abandonné sur le lit et sa pipe était posée sur une chaise, près du chevet. Il y avait un verre d'eau sur la table et, sur le rebord de la fenêtre, une petite boîte avec deux pilules. »

Sherlock Holmes bondit en poussant un cri de joie :

« Le dernier chaînon ! Je tiens tous les fils ! »

Les deux détectives le regardèrent sans comprendre.

« J'ai démêlé l'écheveau, dit mon compagnon avec assurance. Bien entendu, quelques détails me manquent encore ; mais je connais tous les principaux faits, depuis le moment où Drebber a quitté Stangerson jusqu'à celui où l'on a découvert le corps de ce dernier ; si j'avais vu tout de mes propres yeux, je n'en serais pas plus sûr ! Et je vous le prouve. Vous avez là les pilules ?

— Les voici, dit Lestrade en montrant une petite boîte blanche. Je les ai emportées avec le portefeuille et le télégramme pour les déposer en sûreté au commissariat. Si je les ai prises, je dois dire, c'est par le plus grand des hasards : je n'y attache aucune importance.

— Donnez ! ordonna Holmes. A votre avis, docteur, me demanda-t-il, est-ce que ce sont là des pilules ordinaires ? »

Tel n'était certainement pas le cas. Ces pilules étaient gris perle, petites, rondes, presque transparentes à la lumière.

« D'après leur légèreté et leur quasi-transparence, dis-je, ces pilules doivent être solubles dans l'eau.

— Exact, fit Holmes. Maintenant, voudriez-vous aller chercher ce pauvre petit fox qui est malade depuis si longtemps : hier, la logeuse vous a demandé de mettre fin à ses maux. »

Je descendis et revins avec le fox dans mes bras. Sa respiration haletante et ses yeux vitreux laissaient présager sa fin prochaine. D'ailleurs, son museau blanchi dénotait qu'il avait déjà outrepassé les limites ordinaires de la vie d'un chien. Je le plaçai au creux d'un coussin sur le tapis.

« Je coupe en deux une de ces pilules », dit Holmes. Il prit son canif et fit ce qu'il avait dit. « Je remets une moitié dans la boîte en vue d'expériences ultérieures. L'autre moitié, je la jette dans ce verre à vin contenant une cuillerée d'eau. Constatez que notre ami le docteur avait raison : cela se dissout rapidement.

— Cette expérience peut être fort intéressante, dit Lestrade du ton d'une personne qui se croit bernée. Mais je ne vois pas quel rapport cela peut avoir avec la mort de M. Joseph Stangerson.

— Patience, mon ami, patience ! Vous verrez en temps et lieu qu'il s'agit d'un rapport essentiel. J'ajoute un peu de lait pour rendre le mélange potable. Le chien va lapper le tout sans répugnance. »

Il versa le contenu du verre dans une soucoupe et il la plaça devant le chien, qui lécha tout jusqu'à la dernière goutte. L'assurance de Sherlock Holmes nous en avait imposé. Nous étions là en silence, les yeux fixés sur l'animal, à attendre quelque effet surprenant. Il ne se produisit rien de tel. Le chien continuait à haleter, ni mieux ni plus mal.

Holmes en se rasseyant avait tiré sa montre ; et, à mesure que les minutes s'écoulaient, sa mine s'allongeait, il se mordillait les lèvres, il tambourinait des doigts sur la table ; il montrait tous les signes de l'anxiété. Son émotion intense me faisait mal. Ravis de l'échec qu'essuyait mon compagnon, les deux détectives sourirent.

« Il ne peut pas s'agir d'une coïncidence ! » s'écria-t-il à la fin en se levant.

Il se prit à arpenter la salle d'un pas déchaîné.

« Il est impossible que ce soit une simple coïncidence. Ces pilules, j'en avais soupçonné l'emploi dans l'affaire Drebber ; on les découvre après la mort de Stangerson. Et voilà qu'elles sont anodines ! Comment cela se fait-il ? Pourtant mon raisonnement est juste. Alors ? Mais ce chien qui ne se porte pas plus mal... Ah ! j'y suis ! J'y suis ! »

Avec un cri de joie, il se précipita vers la boîte ; il partagea en deux l'autre pilule ; il en fit fondre une moitié ; il ajouta du lait ; il présenta de nouveau la soucoupe au fox. A peine la malheureuse bête y avait-elle trempé sa langue, qu'elle frissonna de tous ses membres et tomba sur le coussin, raide et inanimée, comme frappée par la foudre.

Sherlock Holmes poussa un long soupir et essuya la sueur de son front.

« J'aurais dû être plus confiant ! dit-il. Lorsqu'un fait semble contredire une longue suite de déductions, c'est qu'on l'interprète mal. Une des deux pilules contenait un poison violent, tandis que l'autre était inoffensive. J'aurais dû le savoir avant même de voir la boîte. »

Cette dernière déclaration me sembla si extravagante que je me demandai s'il avait tout son bon sens. Pourtant j'avais là, sous les yeux, le chien mort : le bien-fondé de son hypothèse ne faisait aucun doute. Peu à peu, les brouillards de mon esprit se dissipèrent ; la vérité m'apparut confusément.

« Tout cela vous semble étrange, continua Holmes, parce que vous n'avez pas saisi l'importance du seul indice véritable qui s'est présenté à vous dès le début. J'ai eu la chance de mettre le doigt dessus. Depuis lors, tout ce qui est arrivé n'a fait que confirmer ma première supposition ; tout, en fait, en a découlé logiquement. Les choses qui vous ont semblé des complications embarrassantes m'ont éclairé et ont confirmé mes conclusions. L'extraordinaire est une chose, le mystère en est une autre. Le crime le plus banal est souvent le plus mystérieux : il ne présente aucun caractère dont on puisse tirer des déductions. Si, au lieu de découvrir le corps de la victime dans les circonstances sensationnelles qui ont révélé l'affaire, on l'avait trouvé tout simplement étendu sur la chaussée, l'enquête aurait été beaucoup plus difficile. Tous ces détails extraordinaires, loin de compliquer les choses, les ont, au contraire, simplifiées. »

M. Gregson, qui avait écouté avec impatience, fut incapable de se contenir plus longtemps

« Voyons, monsieur Sherlock Holmes, dit-il, nous sommes tous disposés à reconnaître votre perspicacité et l'originalité de votre méthode de travail. Mais, à présent, nous désirons autre chose que de la théorie et du prêche. Il s'agit de capturer un assassin. J'en étais venu à une conclusion qui s'est révélée fausse. Le jeune Charpentier n'a pas pu prendre part au second crime. Lestrade a couru après Stangerson ; il se trompait lui aussi. Avec toutes les allusions que vous avez lancées par-ci, par-là, vous nous avez donné l'impression d'en savoir plus que nous. Dites-nous donc clairement ce que vous savez ! Pouvez-vous nous révéler le nom du coupable ?

— Je ne peux que donner raison à Gregson, dit Lestrade. Nous avons chacun de notre côté essayé d'éclaircir l'affaire et nous avons échoué tous les deux. Depuis mon arrivée ici, vous nous avez laissé entendre à plusieurs reprises que vous saviez parfaitement à quoi vous en tenir. J'espère que vous ne nous ferez pas languir plus longtemps.

— Tout délai apporté à l'arrestation de l'assassin pourrait lui laisser le temps de commettre un nouveau crime ! » ajoutai-je.

Pressé par nous trois, Holmes parut hésiter. Il n'en continua pas moins à marcher de long en large, la tête basse et les sourcils froncés. Tout à coup, il s'arrêta et nous regarda bien en face.

« Il ne commettra plus de crime ! dit-il. Là-dessus, vous pouvez être tranquilles. Vous m'avez demandé si je connaissais le nom de l'assassin ? Oui, je le connais ! Mais quelle importance ? Ce qui compte, c'est de le capturer. Or, j'ai bon espoir d'y arriver par mes propres moyens. Encore faudra-t-il du doigté !... L'homme est rusé, désespéré. De plus, et cela je le sais par expérience personnelle, il a un complice qui est aussi habile que lui. Tant qu'il ne se sait pas découvert, il y a des chances de lui mettre la main au collet ; mais, au moindre soupçon il changera de nom et disparaîtra parmi les quatre millions d'habitants de Londres. Sans vouloir vous froisser ni l'un ni l'autre, je dois dire qu'à mon avis, la police n'est pas de taille à lutter contre ces deux hommes-là. C'est pourquoi je n'ai pas fait appel à votre aide... Bien entendu, si, à mon tour, j'échoue, je serai blâmé d'avoir agi seul... Bah ! je joue gagnant ! Dès maintenant je vous promets ceci : quand je pourrai me mettre en rapport avec vous sans nuire à mes plans, je le ferai. »

Apparemment, cette promesse, précédée de l'allusion méprisante à la police, ne satisfit guère Gregson ni Lestrade. Le premier avait rougi jusqu'à la racine de ses cheveux couleur de lin, tandis que les yeux en boutons de chaussure de l'autre avaient brillé de curiosité, puis de rancune.

Ils n'eurent pas le temps de répliquer. On frappa.

Le porte-parole des gavroches, Wiggins, montra sa frimousse.

« Pardon, monsieur ! dit-il en relevant sa mèche de cheveux. Le fiacre est en bas.

— Parfait, mon garçon ! dit Holmes, avec satisfaction... Pourquoi n'adoptez-vous pas ce modèle à Scotland Yard ? ajouta-t-il en sortant d'un tiroir une paire de menottes en acier. Voyez comme le ressort fonctionne bien. Elles se referment en un rien de temps.

— Nos vieilles menottes suffiront, dit Lestrade, si nous attrapons jamais l'assassin.

— Fort bien, fort bien ! fit Holmes en souriant. Au fait, le cocher pourrait m'aider à transporter mes bagages ? Demande-lui de monter, Wiggins ! »

Je fus surpris d'apprendre que mon compagnon partait en voyage : il ne m'en avait rien dit. Il y avait une petite valise dans la pièce ; Holmes alla la chercher et se mit à la sangler ; sur ces entrefaites, le cocher entra.

Sans le regarder, Holmes lui dit en s'agenouillant :

« Aidez-moi donc à attacher cette courroie, cocher ! »

L'homme s'avança, l'air hargneux, un peu méfiant ; il se pencha et tendit les mains. Coup sec, bruit métallique. Holmes se releva.

« Messieurs ! cria-t-il les yeux brillants. Je vous présente M. Jefferson Hope, l'assassin d'Enoch Drebber et de M. Joseph Stangerson. »

Tout s'était passé en un tournemain — si rapidement que je n'avais pas eu le temps d'en prendre conscience ! J'ai gardé un souvenir vif de cet instant : l'air triomphant de Holmes et le timbre de sa voix ; le visage abasourdi, féroce du cocher lorsqu'il regarda les menottes qui brillaient à ses poignets : elles les avaient encerclés comme par magie. Durant quelques secondes nous fûmes comme des statues. Puis, avec un rugissement de colère, le cocher s'arracha à l'étreinte de Holmes et se rua par la fenêtre. Le bois et le verre volèrent en éclats ; mais, avant qu'il eût passé au travers, Gregson, Lestrade et Holmes sautèrent sur lui comme autant de chiens de chasse. Ils le ramenèrent de force. Une lutte terrible s'engagea. Il nous repoussa maintes et maintes fois tant il était fort. Il semblait avoir l'énergie convulsive d'un épileptique. Le verre avait affreusement taillé son visage, mais il avait beau perdre du sang, il n'en résistait pas moins ! Lestrade réussit à empoigner la cravate ; il l'étrangla presque. Le cocher comprit enfin l'inutilité de ses efforts. Nous ne respirâmes cependant qu'après lui avoir lié les pieds et les mains.

« Sa voiture est en bas, dit Sherlock Holmes. Elle nous servira pour le conduire à Scotland Yard... Et maintenant, messieurs, continua-t-il avec un sourire aimable, nous voilà arrivés à la fin de ce petit mystère. Posez-moi toutes les questions que vous voudrez, j'y répondrai très volontiers ! »

DEUXIÈME PARTIE

Au pays des Mormons

VIII

LA GRANDE PLAINE SALÉE

Au nord-ouest des Etats-Unis, de la Sierra Nevada, du Nébraska et du fleuve Yellowstone au nord, jusqu'au Colorado au sud, s'étend un désert aride qui a, pendant de longues années, barré la route à la civilisation. Dans cette région désolée et silencieuse, la nature s'est plu à réunir de hautes montagnes aux pics neigeux avec des vallées sombres et mélancoliques, des rivières rapides qui s'engouffrent dans les cañons déchiquetés avec d'immenses plaines blanches en hiver, grises en été d'une poussière d'alcali salin. Mais tous ces paysages offrent au regard le même aspect dénudé, inhospitalier et misérable.

Personne n'habite là. De temps à autre, une bande de Pawnies ou de Pieds Noirs en quête de nouveaux terrains de chasse traverse les plaines ; mais elles sont si terrifiantes que les plus braves d'entre eux sont heureux de les perdre de vue et de se retrouver dans leurs prairies. Le coyote se faufile parmi les broussailles ; le busard rôde dans l'air, qu'il bat mollement de ses ailes ; et, dans les ravins, à pas lents, le lourdaud grizzli cherche la maigre pitance que lui fournissent les rochers. Tels sont les seuls habitants de ce lieu sauvage.

Le panorama qu'on peut contempler de la pente septentrionale de la Sierra Blanco est, du monde entier, le plus morne. A perte de vue s'étale une vaste plaine toute recouverte de plaques de sel et parsemée de massifs de chapperal nain. Et, dans tout cet espace, il n'y a aucun signe de vie : nul oiseau dans le ciel bleu acier, nul mouvement sur le sol terne. Il y règne un silence absolu. Pas un bruit. Du silence, rien que du silence ! Silence total, écrasant...

Il a été dit que là rien de vivant n'apparaissait, c'est à peu près exact. Du haut de la Sierra Blanco, on voit une piste qui serpente dans le désert et se perd dans le lointain. Des roues y ont creusé des ornières et de nombreux aventuriers y ont laissé l'empreinte de leurs pas. Ici et là, tranchant sur le fond sombre du dépôt de sel, des objets blancs brillent au soleil ; ce sont des ossements : les uns de grande dimension et grossièrement taillés, les autres plus petits et plus délicats. Les premiers ont appartenu à des bœufs ; les seconds, à des hommes. Sur une étendue de deux mille kilomètres, on peut retracer le chemin d'une caravane macabre au moyen des vestiges éparpillés des voyageurs tombés en route.

Tel est le spectacle que, le 4 mai 1847, contemplait un homme solitaire. Son apparition aurait pu le faire passer pour le génie ou le démon de la région. Il aurait été difficile de dire s'il était plus près de soixante ans que de quarante. Il avait l'air hagard et le visage décharné ; sa peau parcheminée était comme collée à ses pommettes saillantes ; ses longs cheveux bruns et sa barbe étaient striés de fils blancs ; ses yeux enfoncés dans leur orbite brillaient d'un feu étrange ; et la main qui serrait son fusil était d'une maigreur squelettique. Il s'arc-boutait sur son arme, mais sa haute taille et la charpente de ses os, dénotaient une constitution robuste et nerveuse. Seul son visage hâve et ses vêtements flottants lui donnaient un air de décrépitude.

Péniblement, il avait descendu le ravin et gravi ce monticule, dans le vain espoir de trouver de l'eau. Il voyait maintenant la grande plaine salée se dérouler jusqu'aux montagnes, à l'horizon, sans un arbre ou une plante qui pût indiquer quelque humidité. L'étendue du paysage ne permettait aucun espoir. Il regarda au nord, à l'est et à l'ouest, avec des yeux farouches, scrutateurs ; alors il comprit que son voyage touchait à sa fin : il allait mourir sur ce roc sans végétation. « Pourquoi pas ici plutôt que sur un lit de plume dans une vingtaine d'années ? », murmura-t-il en s'asseyant à l'ombre d'une grosse pierre.

Avant de s'asseoir, il avait déposé sur le sol son fusil devenu inutile et un gros paquet enveloppé dans un châle gris qu'il avait porté en bandoulière. Ce fardeau était apparemment trop lourd pour lui, car, en le posant, il le laissa retomber un peu vite. Aussitôt une plainte s'en exhala. Il en sortit un petit visage apeuré aux yeux bruns très brillants et deux petits poings potelés.

« Tu m'as fait mal ! dit une voix d'enfant sur un ton de reproche.

— C'est vrai ? répondit l'homme avec regret. Je n'ai pas fait exprès. »

Tout en parlant, il déroula le châle gris qui enveloppait une jolie petite fille d'environ cinq ans. Les souliers coquets, l'élégante robe rose, le tablier de toile indiquaient des soins maternels attentifs. L'enfant était pâle et fatiguée, mais ses bras et ses jambes fermes montraient qu'elle avait moins souffert que son compagnon.

« Ça va mieux ? demanda l'homme avec appréhension, en la voyant se frotter derrière la tête, sous ses boucles dorées.

— Embrasse mon bobo pour le guérir ! dit-elle en lui indiquant avec gravité la place meurtrie. Maman faisait toujours comme ça... Où est maman ?

— Maman est partie. Je pense que tu la reverras bientôt.

— Partie ? dit la petite fille. Elle ne m'a pas dit au revoir, c'est curieux. Elle me disait toujours au revoir quand elle allait chez tante pour prendre le thé. Ça fait trois jours qu'elle n'est plus là. Dis, comme tout est sec ! Je peux avoir un peu d'eau et quelque chose à manger ?

— Non, chérie, je n'ai plus rien. Prends patience. Appuie ta tête contre moi, comme ça tu te sentiras plus vaillante. Il n'est pas facile de parler avec des lèvres comme du cuir, mais il faut que je te dise ce qu'il en est... Qu'est-ce que tu ramasses ?

— Les jolies choses ! s'écria la fillette, enthousiasmée par deux étincelants fragments de mica. Quand nous retournerons à la maison, je les donnerai à mon frère Bob.

— Tu verras bientôt de plus jolies choses dit l'homme avec conviction. Attends un peu. Mais j'allais te dire... Tu te souviens quand nous avons quitté le fleuve ?

— Oh ! oui.

— Eh bien, tu comprends, nous comptions en atteindre un autre. Mais on s'est trompé. A cause de la boussole, ou de la carte, ou d'autre chose ; il n'y aura plus de fleuve... Il ne nous restait plus d'eau, sauf une goutte pour toi, et...

— Tu n'as pas pu te laver, interrompit sa compagne en regardant le visage barbouillé.

— Non, ni me laver ni boire. M. Bender, il a été le premier à partir, puis ç'a été l'Indien Pete, puis Mme Mc Gregor, puis ensuite Jean Hones, et enfin, ma chérie, ta mère...

— Alors maman aussi est morte ! » s'écria la petite fille.

Elle cacha son visage dans son tablier et elle éclata en sanglots.

« Oui... Tout le monde est mort, excepté toi et moi. Alors j'ai pensé que nous trouverions peut-être de l'eau par ici. Je t'ai prise sur mon épaule et je me suis mis en marche. Mais notre situation ne semble pas s'être améliorée... Il nous reste une bien faible chance...

— Veux-tu dire que nous aussi, nous allons mourir ? demanda l'enfant en relevant son visage inondé de larmes.

— Ça m'en a tout l'air.

— Fallait le dire tout de suite ! s'écria-t-elle avec

un joyeux sourire. Tu m'as fait une peur ! Mais, puisque nous allons mourir, nous allons retrouver
maman.

— Tu la retrouveras !

— Toi aussi. Je vais lui dire comme tu as été bon.
Je parie que maman nous attend à la porte du Ciel
avec une grosse cruche pleine d'eau et un tas de
galettes de sarrasin toutes chaudes et rôties des deux
côtés comme nous les aimons, Bob et moi. Ce sera
long encore ?

— Je ne sais pas... Pas trop. »

Les yeux de l'homme étaient fixés à l'horizon nord.
Sous la voûte bleue du ciel avaient apparu trois petites taches. D'instant en instant, elles grossissaient.
Bientôt il put distinguer trois gros oiseaux bruns. Ils
décrivirent des cercles au-dessus de leur tête, puis ils
se posèrent sur la corniche au-dessus d'eux. C'étaient
des busards. La présence de ces vautours de l'ouest
présageait la mort.

« Des poules ! » s'écria la fillette avec joie en montrant du doigt les oiseaux de mauvais augure.

Elle frappa dans ses mains pour les faire s'envoler.

« Dis, c'est le Bon Dieu qui a fait ce pays ?

— Bien sûr ! répondit son compagnon, surpris
par cette question.

— Il a fait l'Illinois et il a fait le Missouri, mais
cette partie-ci, ce doit être un autre qui l'a faite : ce
n'est pas si bien que le reste. On a oublié l'eau et les
arbres.

— Si tu faisais ta prière ? proposa timidement
l'homme.

— C'est pas encore la nuit, répondit-elle.

— Ça fait rien. C'est pas tout à fait dans les règles,
mais il ne t'en voudra pas pour ça, tu peux être sûre.
Répète les prières que tu avais coutume de dire chaque soir dans le chariot quand nous étions dans les
plaines.

— Pourquoi tu ne fais pas aussi tes prières ?
demanda l'enfant, l'air étonné.

— Je les ai oubliées, répondit-il. Je ne les ai pas

dites depuis le temps que je n'étais pas plus haut que la moitié de ce fusil. Mais il n'est jamais trop tard. Récite tes prières tout haut, je les redirai après toi.

— Alors tu vas te mettre à genoux, dit-elle en étendant le châle sur le sol. Croise tes doigts comme ceci. On se sent meilleur, les mains jointes. »

Cette scène n'avait nul besoin d'avoir eu des busards comme témoins pour être extraordinaire. Les deux errants, la petite enfant babillant et le rude aventurier, étaient agenouillés côte à côte sur le châle étroit. La frimousse joufflue et le visage anguleux étaient tournés vers le ciel sans nuages pour implorer l'Etre terrible avec lequel ils se trouvaient face à face. Deux voix, l'une faible et claire, l'autre grave et rauque, s'unissaient pour demander la grâce et le pardon divins. La prière finie, ils reprirent leur place à l'abri de la grosse pierre. La petite fille blottie contre la large poitrine de son protecteur, s'assoupit. Il veilla sur son sommeil pendant quelque temps. A la fin la nature reprit ses droits : il ne s'était accordé ni repos ni sommeil depuis trois jours et trois nuits ; ses paupières descendirent lentement sur ses yeux fatigués et la tête s'inclina de plus en plus sur sa poitrine ; la barbe grisonnante se mêla aux cheveux dorés ; il s'endormit à son tour, du même sommeil que sa petite compagne, profond et sans rêves.

S'il était resté éveillé une demi-heure de plus, il aurait vu un spectacle inattendu. Au loin, tout à l'extrémité de la plaine salée, à peine distinct du brouillard, un nuage de poussière s'éleva et grandit peu à peu. Seul un grand nombre d'êtres en mouvement pouvait en soulever un semblable. Il aurait pu s'agir d'un de ces énormes troupeaux de bisons qui broutent les prairies. Mais le lieu était par trop aride pour qu'il en pût être question. Quand le tourbillon de poussière se rapprocha du rocher solitaire où dormaient nos deux voyageurs égarés, il laissa entrevoir des chariots couverts de toile et des cavaliers armés. C'était une grande caravane en route vers l'ouest. Et quelle caravane ! Elle se déployait du pied des montagnes jusque par-delà l'horizon. A travers l'immense plaine avançaient en désordre des chariots et des charrettes, des cavaliers et des piétons, d'innombrables femmes qui chancelaient sous leurs fardeaux et des enfants qui trottinaient entre les chariots ou qui regardaient furtivement de dessous les bâches. Ce n'était évidemment pas des émigrants ordinaires ! bien plutôt un peuple nomade contraint par la force des choses à se chercher une nouvelle patrie. L'air résonnait de bruits de pas, de grondements sourds, de hennissements et de grincements de roues. Tout ce tintamarre ne réussit pas à réveiller nos deux dormeurs.

En tête de la colonne chevauchaient une vingtaine d'hommes au visage dur et sévère, vêtus de gros drap et armés de fusils. Parvenus au bas du monticule, ils s'arrêtèrent pour tenir conseil.

« Les sources se trouvent à droite, mes frères, dit l'un deux, un homme grisonnant aux lèvres fermes, au visage imberbe.

— Prenons la droite de la Sierra Blanco pour atteindre le Rio Grande, dit un autre.

— Ne craignez pas que l'eau vous manque ! cria un troisième. Celui qui a pu la faire jaillir du rocher n'abandonnera pas son peuple élu.

— Amen ! Amen ! » répondit toute la troupe.

Ils allaient se remettre en route, quand l'un des plus jeunes à la vue perçante poussa un cri ; il désigna le monticule. Au sommet flottait quelque chose de rose qui ressortait sur un fond de pierre grise. Ils piquèrent des deux tout en armant leurs fusils ; d'autres cavaliers se joignirent à eux. Le nom de « Peaux Rouges » volait de bouche en bouche.

« Il ne peut pas y avoir d'Indiens ici, dit l'homme âgé qui semblait être le chef. Nous avons dépassé les Pawnies et nous ne rencontrerons pas d'autres tribus avant les grandes montagnes.

— Je vais voir, frère Stangerson ? demanda quelqu'un de la bande.

— J'irai aussi ! J'irai aussi ! s'écrièrent une douzaine de voix.

— Descendez de cheval ; nous vous attendrons ! »
répondit l'homme âgé.

Le temps de le dire, et les jeunes gens avaient sauté
à terre, attaché leurs chevaux, et ils s'étaient mis à
gravir la pente escarpée. Ils avançaient rapidement
et sans bruit, avec la confiance et la dextérité d'éclai-
reurs exercés. D'en bas on les vit sauter de roche en
roche, puis leurs silhouettes se découpèrent sous le
ciel. Le jeune homme qui avait donné l'alarme marchait en tête. Les autres le virent lever les bras en
l'air en signe de surprise et, quand ils le rattrapèrent,
ils éprouvèrent la même sensation devant le tableau
qui s'offrait à leurs yeux.

Sur le petit plateau qui couronnait la colline se
dressait une pierre énorme au pied de laquelle gisait
un homme de haute taille, à la barbe longue, aux
traits durs, d'une excessive maigreur. Son air calme
et sa respiration régulière montraient qu'il dormait
profondément. Un petit enfant reposait tout contre
lui. Ses bras ronds et blancs entouraient le cou mus-
clé. Sa tête blonde s'appuyait sur le veston de
velours. Ses lèvres roses entrouvertes laissaient voir
des dents blanches comme la neige et un sourire
enjoué se jouait sur ses traits puérils. Ses petites
jambes dodues, ses chaussettes blanches et ses souliers propres aux boucles brillantes contrastaient
étrangement avec les longs membres desséchés de
son compagnon. Sur la corniche du rocher qui sur-
plombait ce couple étrange, se tenaient trois busards
solennels qui, à la vue des nouveaux venus, jetèrent
un cri rauque et s'envolèrent de mauvaise grâce.

Le cri des oiseaux réveilla les deux dormeurs. Ils
regardèrent autour d'eux avec stupéfaction.
L'homme se leva en chancelant pour contempler la
plaine, qu'il avait vue si déserte avant de s'endormir
et qui était maintenant traversée par l'énorme défilé
de gens et de bêtes. Il eut une expression d'incrédu-
lité et il passa sa main osseuse sur ses yeux. « C'est ce

qu'on appelle le délire, je pense », murmura-t-il. La petite se serrait contre lui, tenant un pan de son veston ; elle ne disait rien, mais elle regardait autour d'elle avec cet air émerveillé et questionneur des enfants.

Ils ne doutèrent bientôt plus de la réalité de leur vision. L'un des sauveteurs saisit la petite fille et la hissa sur son épaule ; deux autres soutinrent son compagnon décharné jusqu'aux chariots.

« Je me nomme John Ferrier, expliqua-t-il. Moi et cette petite, nous sommes les seuls survivants d'un groupe de vingt et une personnes ; tous les autres sont morts de soif et de faim, là-bas, dans le Sud.

— Est-elle à vous ? demanda quelqu'un.

— Maintenant, oui ! s'écria Ferrier avec défi. Elle m'appartient, parce que je l'ai sauvée. Personne ne pourra me la prendre ! A partir d'aujourd'hui, elle s'appelle Lucy Ferrier. Mais qui êtes-vous ? s'enquit-il en regardant avec curiosité ses sauveteurs robustes et brunis par le soleil. Vous êtes en nombre !

— A peu près dix mille, dit l'un des jeunes. Nous sommes les enfants persécutés de Dieu, les élus de l'ange Mérona.

— Je n'ai jamais entendu parler de lui, dit Ferrier. Mais il a une belle quantité d'élus !

— Ne plaisantez pas avec les choses sacrées ! répliqua l'autre en fronçant les sourcils. Nous sommes de ceux qui croient aux écritures saintes gravées en lettres égyptiennes sur des plaques d'or martelé qui ont été remises au très saint Joseph Smith, à Palmyre. Nous venons de Nauvoo, dans l'Etat de l'Illinois, où nous avions édifié notre temple. Nous cherchons un refuge, loin des hommes violents et impies ; et, s'il le faut, nous irons jusqu'au fond du désert.

— J'y suis », dit Ferrier.

Le nom de Nauvoo lui avait rafraîchi la mémoire.

« Vous êtes des Mormons.

— Nous sommes les Mormons, répondirent en chœur ses compagnons.

— Et où allez-vous ?

— Nous l'ignorons. La main de Dieu nous guide en la personne de son prophète. Il faut que vous vous présentiez devant lui. Il décidera de votre sort. »

Ils avaient atteint le pied de la colline. Une troupe de pèlerins les entoura : des femmes au visage pâle, à l'air soumis ; des enfants vigoureux, rieurs ; des hommes au regard inquiet mais sérieux. De surprise ou de pitié, ils s'exclamèrent à l'envi en considérant les deux étrangers, l'un si misérable et l'autre si jeune. Leur escorte s'arrêta devant un chariot d'un faste voyant. Il était attelé de six chevaux, alors que les autres n'en avaient que deux, quatre au plus. A côté du conducteur était assis un homme qui ne paraissait pas avoir plus de trente ans ; mais sa tête massive, son air résolu étaient ceux d'un chef. Il lisait un livre à couverture brune, qu'il mit de côté à l'approche de la foule. Il écouta le récit qui lui fut fait, puis il se tourna vers les deux rescapés.

« Si nous vous prenons avec nous, dit-il avec gravité, ce ne peut être qu'en tant que nouveaux adeptes de nos croyances. Nous ne voulons pas de loups dans notre bercail. Si vous deviez être parmi nous comme le ver dans le fruit, il vaudrait mieux laisser blanchir vos os dans le désert. Acceptez-vous nos conditions ?

— M'est avis que je vous suivrai à n'importe quelle condition ! » dit Ferrier avec une telle énergie que les graves anciens ne purent réprimer un sourire. Le chef resta impassible.

« Emmenez-le, frère Stangerson, dit-il. Donnez-lui à boire et à manger, occupez-vous de l'enfant. Vous aurez la tâche de lui apprendre notre sainte croyance. Nous avons assez tardé. En route ! A Sion ! A Sion !

— A Sion ! En avant ! » crièrent les Mormons.

Ces mots passèrent de bouche en bouche et se perdirent au loin dans un murmure confus. Il y eut des claquements de fouets et des grincements de roues. La caravane s'ébranla. De nouveau elle ondula dans le désert. Le frère Stangerson conduisit les rescapés à son chariot. Un repas les y attendait.

« Restez ici et reposez-vous ! dit-il. Dans quelques jours, vous serez remis de vos fatigues. En attendant, rappelez-vous que notre religion est désormais la vôtre. Brigham Young l'a dit, et il a parlé avec la voix de Joseph Smith, qui est celle de Dieu. »

IX

LA FLEUR DE L'UTAH

Ce n'est pas le lieu de rappeler les épreuves et les privations que subirent les fugitifs mormons avant de parvenir à leur port de salut. Depuis les rives du Mississippi jusqu'au versant occidental des montagnes Rocheuses, ils avaient lutté avec une constance presque sans pareille dans l'histoire. Leur ténacité anglo-saxonne avait surmonté tous les obstacles que la nature avait suscités sur leur chemin : l'Indien, la bête féroce, la faim, la soif, la fatigue et la maladie. Cependant leurs longues pérégrinations et les terreurs qu'ils durent vaincre avaient ébranlé le courage des plus vaillants. Tous s'agenouillèrent pour rendre grâce, du fond du cœur, quand ils virent à leurs pieds la grande vallée de l'Utah ensoleillée, et qu'ils apprirent de la bouche de leur chef que c'était la terre promise : tout cet espace vierge leur appartiendrait à jamais.

Young se montra vite un administrateur avisé autant qu'un chef résolu. On dessina le plan de la cité future. On partagea les fermes des environs proportionnellement à l'importance de chaque individu. On rendit le commerçant à son négoce, et l'artisan à son métier. Des rues et des places apparurent comme par magie dans l'enceinte réservée à la ville et, à la campagne, on draina, on planta des haies, on déboisa, on ensemença ; l'été suivant la terre fut entièrement dorée par les blés. Cette colonie étrange connut une prospérité générale. Le temple, érigé au milieu de la ville, s'agrandit sans cesse. Ce sanctuaire élevé à Celui qui avait guidé les Mormons et qui les avait préservés de tant de dangers, résonnait, du matin au soir, du bruit des marteaux et du grincement des scies.

John Ferrier et la petite fille qu'il avait adoptée suivirent les Mormons jusqu'au bout. La petite Lucy voyagea assez agréablement dans le chariot de Stangerson l'ancien, en compagnie des trois épouses du Mormon et de son fils, garçon volontaire et hardi, âgé de douze ans. La souplesse de l'enfance lui permit de se remettre du choc causé par la mort de sa mère et Lucy devint le chouchou des bonnes femmes. La vie en roulotte la conquit. De son côté, Ferrier se révéla, une fois rétabli, un guide précieux et un chasseur infatigable. Il gagna rapidement l'estime de ses nouveaux compagnons. Aussi, au terme du voyage convint-on à l'unanimité de lui attribuer un lot de terrain égal à celui de chacun des autres, à l'exception des quatre principaux anciens : Young, Stangerson, Kembald et Drebber.

John Ferrier bâtit sur son terrain une solide maison de bois qui devint, avec les années, par agrandissements successifs, une villa spacieuse. C'était un homme pratique : âpre au gain et habile de ses dix doigts. Doué d'une santé de fer, il consacra toutes ses journées à amender et à cultiver ses terres. Sa ferme et ses biens prospérèrent. Au bout de trois ans, il était déjà mieux parti que ses voisins ; trois ans plus tard, c'était un homme aisé ; trois autres années encore et il était devenu riche. Enfin, douze ans après son établissement, il n'y avait pas, dans tout Salt Lake City, six hommes aussi fortunés que lui. De la grande mer intérieure aux lointaines montagnes de Wahsatch, aucun nom n'était plus avantageusement connu que celui de John Ferrier.

Il ne froissait la susceptibilité de ses coreligionnaires que sur un point. Rien n'avait pu le persuader à prendre plusieurs femmes à la manière des Mormons. Sur ce chapitre-là, il était inflexible ; mais il ne s'expliquait pas. Certains l'accusaient de tiédeur à l'égard de sa nouvelle foi ; d'autres attribuaient son célibat à son avarice ; d'autres encore parlaient de sa fidélité au souvenir de son premier amour : une jeune fille aux cheveux blonds morte de langueur sur les bords de l'Atlantique. Quelle qu'en fût la raison, Ferrier restait strictement célibataire. Pour le reste, il se conformait aux préceptes de la jeune colonie et passait pour un homme droit et orthodoxe.

Lucy Ferrier grandit près de son père adoptif et l'aida dans toutes ses entreprises. L'air vif des montagnes et l'odeur balsamique des pins suppléèrent aux soins d'une mère ou d'une nourrice. Chaque année la formait plus grande et plus vigoureuse ; ses joues devenaient roses, sa démarche élastique. Le bouton se changeait en fleur. L'année où John Ferrier compta au nombre des richissimes fermiers, elle était la plus jolie Américaine qu'on pût trouver sur tout le versant du Pacifique.

Ce ne fut pas le père qui découvrit le premier que l'enfant s'était faite femme. Il en est souvent ainsi. Cette transformation mystérieuse s'opère avec trop de subtilité pour qu'on puisse lui attribuer une date précise. La jeune fille elle-même ne s'en rend mieux compte, jusqu'à ce que le son d'une voix, ou le contact d'une main fassent tressaillir son cœur ; alors, avec fierté mêlée de crainte, elle découvre en elle une nature neuve, plus vaste que l'ancienne. Généralement, on se souvient de ce jour-là ainsi que du petit incident qui a annoncé l'aube d'une vie nouvelle. Dans le cas de Lucy Ferrier, l'incident fut assez sérieux et influa non seulement sur sa destinée, mais sur celle de beaucoup d'autres.

Par une chaude matinée de juin, les Saints du

Dernier Jour s'affairaient comme les abeilles dont ils avaient pris la ruche pour emblème. Le bourdonnement du travail humain emplissait les champs et les rues. Sur les routes poudreuses, de longues files de mules lourdement chargées, des troupeaux de moutons et de bœufs venant de lointains pâturages, et des convois d'immigrants qui avaient l'air aussi harassés que leurs chevaux se dirigeaient vers l'Ouest : la fièvre de l'or avait éclaté en Californie, et pour s'y rendre il fallait passer par la ville des élus. A travers la foule bariolée des gens et des bêtes, Lucy se fraya un chemin au galop, avec l'adresse d'une amazone accomplie. Son beau visage était empourpré par l'exercice et ses cheveux noisette flottaient au vent. Elle ne pensait qu'à bien s'acquitter à la ville d'une commission que lui avait donnée son père : elle s'y rendait comme toujours, à fond de train, avec l'intrépidité du jeune âge. Les aventuriers salis par la poussière des routes et même les impassibles Indiens chargés de pelleteries l'admiraient au passage.

Parvenue aux abords de Salt Lake City, elle trouva la route bloquée par un grand troupeau de bêtes à cornes que ramenaient des plaines une demi-douzaine de bouviers à la mine farouche. Dans son impatience, Lucy tenta de franchir cet obstacle : elle poussa son cheval dans ce qui lui avait paru une trouée. Mais, à peine s'y était-elle engagée que les bêtes se rejoignirent derrière elle. Elle était prise dans une masse mouvante de bœufs aux yeux féroces et aux longues cornes. Familiarisée avec le bétail, Lucy ne perdit pas son sang-froid. Elle profitait d'intervalles momentanés pour s'avancer. Par malchance, ou à dessein, un bœuf encorna le flanc du mustang qui se cabra, caracola et rua. La situation était critique. Chaque mouvement du cheval le mettait en contact avec les cornes et l'excitait davantage. Tout l'effort de Lucy était de se maintenir en selle, de peur d'être horriblement piétinée. Sa tête commençait à tourner, et elle relâchait sa prise sur les rênes.

Le nuage de poussière et la transpiration des bêtes la faisaient suffoquer. Elle était à bout. Sur le point de s'évanouir, elle entendit une voix toute proche, et une main brunie, puissante, qui saisit par la gourmette le cheval emballé et tira rapidement Lucy du troupeau.

« J'espère que vous n'êtes pas blessée, mademoiselle ! » interrogea respectueusement son sauveur.

Elle leva les yeux sur son visage hâlé aux traits durs et sourit avec espièglerie.

« J'ai eu la frousse ! dit-elle naïvement. Qui aurait pensé que Poncho serait effarouché par des vaches ?

— Dieu merci, vous êtes restée en selle ! » fit-il.

C'était un grand jeune homme à l'air sauvage. Il montait un robuste cheval rouan. Il portait l'habit d'un chasseur avec un fusil en bandoulière.

« Je suppose que vous êtes la fille de John Ferrier. Je vous ai vue sortir de chez lui. Quand vous le reverrez, demandez-lui s'il se souvient de la famille Jefferson Hope, de Saint-Louis. S'il est bien le Ferrier que nous avons connu, lui et mon père étaient très liés.

— Ne feriez-vous pas aussi bien de venir le lui demander vous-même ? » dit-elle.

Cette suggestion sembla plaire au jeune homme. Ses yeux noirs étincelèrent.

« Soit ! Mais je viens de passer trois mois dans les montagnes, je ne suis pas en tenue de visite. Il faudra me prendre comme je suis.

— Papa vous doit des remerciements, et moi aussi, répondit-elle. Il m'aime beaucoup. Si ces vaches m'avaient écrasée, il ne s'en serait jamais consolé.

— Ni moi !

— Ni vous ?... Je ne vois pas pourquoi. Vous n'êtes même pas un de nos amis. »

Le visage du jeune chasseur se rembrunit. Lucy éclata de rire.

« Je ne voulais pas dire cela, dit-elle. Maintenant, bien entendu, vous êtes notre ami. Il faut venir nous voir. Je continue mon chemin, sans quoi papa ne me confierait plus jamais ses affaires ! A bientôt.

— A bientôt », répondit-il.

Il souleva son large sombrero et il se pencha sur la petite main de Lucy.

Elle fit faire demi-tour à son cheval, lui donna un coup de cravache et partit comme un trait sur la route au milieu d'un nuage de poussière.

Taciturne et triste, Jefferson Hope rejoignit ses compagnons. Ils avaient prospecté dans les montagnes du Nevada et ils revenaient à Salt Lake City avec l'espoir d'y réunir assez de fonds pour exploiter des filons d'argent. Il s'était, comme eux, passionné pour cette affaire. Mais ses idées prenaient maintenant un autre cours. La vue de cette jeune fille, fraîche et saine comme la brise de la sierra, avait bouleversé son cœur indompté. Quand il la vit disparaître, il se rendit compte de la tempête qui s'était levée en lui. Désormais les affaires d'argent ne pourraient pas lutter avec son amour. Car il ne s'agissait pas d'un caprice de jeune homme ; c'était bien de l'amour : l'amour impétueux, violent d'un homme volontaire, dominateur. Il avait toujours été heureux dans ses entreprises : aussi se jura-t-il d'obtenir la main de Lucy.

Il rendit visite à John Ferrier le soir-même. Il revint ensuite plusieurs fois. Bientôt il fut un habitué. Au cours des douze dernières années, John, isolé dans la vallée, et absorbé par son travail, avait eu peu d'occasions d'apprendre les nouvelles de l'extérieur. Jefferson lui en apportait : il intéressait Lucy comme son père. Il avait été pionnier en Californie, et il connaissait plus d'une histoire de fortunes faites et défaites dans ces jours tantôt terribles, tantôt sereins. Il avait été aussi guide, trappeur, prospecteur, éleveur. Partout où pouvaient se trouver des aventures excitantes, il y avait couru. Le vieux fermier le prit en affection. Il faisait volontiers son éloge. Alors Lucy se taisait, mais ses joues rougissaient et ses yeux qui brillaient montraient clairement que son cœur ne lui appartenait plus. Ces signes passaient peut-être inaperçus de son brave père, mais ils n'échappaient pas au principal intéressé.

Un soir d'été, il arriva au triple galop. Lucy, qui se trouvait à la porte, marcha au devant de lui. Il jeta la bride sur la clôture et s'engagea dans l'allée.

« Je pars, Lucy, dit-il en lui prenant les deux mains et en la regardant avec tendresse. Je ne vous demande pas de m'accompagner cette fois-ci. Mais, quand je serai de retour, consentirez-vous à devenir ma femme ?

— Quand reviendrez-vous ? » s'enquit-elle. Elle rougissait et elle riait tout ensemble.

« Je reviendrai vous chercher dans deux mois. Dans l'intervalle, tout ce qui nous séparera, c'est la distance.

— Et papa ? demanda-t-elle.

— Il me donne son consentement si mon affaire de mines réussit. Je n'ai pas de crainte à ce sujet.

— Si vous avez tout arrangé avec papa je n'ai plus rien à dire ! murmura-t-elle, la joue contre la large poitrine du jeune homme.

— Dieu soit loué ! » fit-il d'une voix étranglée.

Il se pencha et l'embrassa.

« Alors c'est convenu ?... Si je m'attarde, je ne pourrai plus m'en aller. Les camarades m'attendent au cañon. Adieu, ma chérie, adieu. Dans deux mois !... »

Il s'arracha de ses bras, sauta sur son cheval et piqua des deux, sans détourner la tête. Lucy le suivit des yeux jusqu'au moment où il disparut, puis elle quitta la grille pour rentrer chez elle. Elle était la plus heureuse fille de l'Utah !

X

JOHN FERRIER S'ENTRETIENT
AVEC LE PROPHÈTE

Trois semaines s'étaient écoulées depuis que Jefferson Hope et ses compagnons avaient quitté Salt Lake City. Le cœur de John Ferrier supportait mal la pensée que le jeune homme reviendrait : car il perdrait alors sa fille adoptive. Cependant le visage radieux de Lucy lui fit accepter cette éventualité mieux que n'aurait pu le faire toute autre considération. Cet homme entêté s'était d'ailleurs promis de ne jamais marier sa fille à un Mormon : une seule union ne lui semblait pas un mariage, mais une honte et un déshonneur. Sur ce point, il était inébranlable, quelle que fût son opinion sur le reste de la doctrine mormone. Il ne s'en ouvrait à personne : à cette époque, il ne faisait pas bon émettre une idée non orthodoxe dans le Pays des Saints ! A telle enseigne que même les plus saints osaient à peine chuchoter tout bas ce qu'ils pensaient sur la religion : une parole tombée de leurs lèvres pouvait attirer sur eux un prompt châtiment si elle était interprétée à contresens. Les victimes de la persécution étaient, à leur tour, devenues des persécuteurs de la pire espèce. Ni l'Inquisition de Séville, ni la Sainte-Vehme allemande, ni les sociétés secrètes d'Italie ne mirent en marche machine plus redoutable que celle qui assombrit jadis l'Etat de l'Utah.

Ce qui rendait plus terrible cette organisation, c'était son invisibilité et le mystère qui l'entourait. Elle semblait omnisciente et omnipotente ; et cependant, on ne pouvait ni la voir ni l'entendre. L'homme qui résistait à l'Eglise disparaissait sans laisser de trace. En vain sa femme et ses enfants l'attendaient : il ne revenait pas dire comment ses juges secrets l'avaient traité. Lâchait-on un mot, commettait-on une imprudence ? on était anéanti. Et les colons ne connaissaient pas la nature de cette puissance terrible dont ils sentaient constamment la menace suspendue sur leur tête ! Leur vie n'était que crainte et tremblement. Même isolés au fond du désert, ils n'osaient murmurer les doutes qui les accablaient.

Au début, ce pouvoir ne s'exerça que sur les récalcitrants qui, après avoir embrassé la foi des Mormons, tentèrent ensuite de la réformer ou de l'abandonner. Mais bientôt il étendit le champ de son activité. La polygamie menaça de devenir lettre morte : on manquait de femmes. D'étranges rumeurs commencèrent à circuler ; il y était question d'immigrants assassinés et de camps pillés en des régions où l'on n'avait jamais vu d'Indiens. Dans les harems des anciens, on voyait de nouvelles femmes, éplorées et languissantes ; elles portaient sur leur visage le reflet d'une atrocité inoubliable. Des voyageurs surpris par la nuit dans les montagnes avaient vu se glisser dans l'ombre des bandes d'hommes armés et masqués. Ces racontars se précisèrent, se confirmèrent. A la fin un nom résuma tout : Danite Band ou les *Anges vengeurs*. C'est encore un nom sinistre et de mauvais augure dans les ranches solitaires de l'Ouest.

La peur que cette organisation inspirait aux hommes s'accrut au lieu de diminuer quand ils la connurent mieux. On ne savait rien de ses membres. Les noms de ceux qui, sous prétexte de religion, se livraient à des actes de violence, étaient soigneusement tenus secrets. L'ami auquel vous communiquiez vos soupçons sur le Prophète et sa mission pouvait être de ceux qui viendraient la nuit vous infliger, par le feu, un terrible châtiment. Chacun se méfiait de son voisin. Chacun taisait ce qu'il avait le plus à cœur.

Un beau matin, comme John Ferrier s'apprêtait à partir pour ses champs de blé, il entendit ouvrir la grille. Il regarda par la fenêtre et vit dans l'allée un homme trapu, d'âge moyen, les cheveux d'un blond roux. Son sang ne fit qu'un tour : le visiteur inattendu n'était autre que le grand Brigham Young en personne. Tremblant de tous ses membres — cette apparition ne présageait rien de bon —, il courut à la porte pour accueillir le chef des Mormons. Celui-ci reçut froidement les salutations de son hôte et il le suivit dans le salon sans quitter son air sévère.

« Frère Ferrier, dit-il en approchant une chaise et en le regardant en dessous, les adeptes de la vraie foi vous ont traité comme un frère. Nous vous avons recueilli quand vous étiez sur le point de mourir de faim dans le désert. Nous avons partagé notre nourriture avec vous. Nous vous avons conduit sain et sauf à cette Vallée choisie. Nous vous avons donné une bonne part de terre et nous vous avons permis de faire fortune sous notre protection. Ai-je dit vrai ?

— Tout à fait ! répondit John Ferrier.

— Nous vous avons demandé en retour une seule chose : embrasser la vraie foi et y conformer votre vie. Vous nous avez promis de le faire, mais, si la rumeur publique ne m'abuse, vous avez manqué à votre parole.

— Mais en quoi ? demanda Ferrier en levant les bras en signe de protestation. N'ai-je pas donné à la caisse commune ? Est-ce que je n'ai pas assisté régulièrement aux offices ? Est-ce que je n'ai pas...

— Où sont vos épouses ? demanda Young en regardant autour de lui. Faites-les venir, que je les salue.

— Je ne me suis pas marié, je l'avoue, répondit Ferrier. Les femmes étaient rares. Et il y avait beaucoup de partis plus avantageux. Du reste, je n'étais pas seul. Ma fille avait soin de moi.

— C'est de cette fille que je voudrais vous parler, dit le chef des Mormons. En grandissant, elle est devenue la fleur de l'Utah. Plusieurs de nos anciens la regardent d'un bon œil. »

John étouffa une plainte.

« A son sujet, continua Young, on raconte des histoires auxquelles je ne veux ajouter foi. On dit qu'elle est promise à un gentil. Ce ne peut être là qu'un commérage. Quel est le treizième article du code du saint Joseph Smith ? « Que chaque fille de la vraie foi épouse un des élus, car, si elle épouse un gentil, elle commet un péché grave. » Vous qui faites profession de notre sainte croyance, vous ne laisseriez pas votre fille agir à l'encontre. »

John Ferrier ne répondit pas. Il jouait nerveusement avec sa cravache.

« Sur ce seul point, nous allons éprouver toute votre foi. Il en a été décidé ainsi par le Conseil sacré des Quatre. La fille est jeune : nous ne voudrions pas la voir épouser un grison ; nous ne voudrions pas non plus lui enlever le droit de choisir. Nous autres, les anciens, nous avons de nombreuses taures [1] mais il faut aussi pourvoir nos enfants. Stangerson et Drebber ont chacun un fils. L'un ou l'autre accueillerait avec joie votre fille chez lui. Qu'elle choisisse entre les deux. Ils sont jeunes, ils sont riches, et ils pratiquent la vraie religion. Qu'en dites-vous ? »

Ferrier se recueillit en fronçant le sourcil.

« Donnez-nous du temps, dit-il enfin. Ma fille est très jeune : à peine est-elle d'âge à se marier.

— Un mois ! tonna Young en se levant. D'ici là, elle aura fait son choix. »

Sur le seuil de la porte, il se retourna, le visage empourpré et les yeux brillants.

« Pour vous et pour elle, s'écria-t-il, il vaudrait mieux être des squelettes blanchis dans la Sierra Blanco, que de dresser vos faibles volontés contre les ordres des Quatre Saints ! »

Avec un geste de menace, il s'éloigna en écrasant de son pas lourd le gravier de l'allée.

Assis, le coude sur le genou, Ferrier se demandait de quelle manière il rapporterait cet entretien à Lucy. Une main se posa doucement sur la sienne. Il releva la tête. Sa fille était debout près de lui. Un seul

---

1. C'est le doux nom qu'emploie Heber C. Kemball, dans l'un de ses sermons, en parlant de ses cent femmes (N. D. A.).

regard lui apprit qu'elle avait tout entendu : elle était blême.

« Je n'ai pas pu ne pas entendre, dit-elle. Sa voix résonnait dans toute la maison. Oh ! papa, que faire ?

— Ne te tourmente pas ! » répondit-il. Il l'attira à lui et il caressa les beaux cheveux de sa grosse main rugueuse. « Ça va s'arranger d'une manière ou d'une autre. Tu l'aimes toujours, ton promis, n'est-ce pas ? »

Elle eut un sanglot et pressa la main de son père.

« Bien sûr que oui ! Je serais fâché du contraire. C'est un beau gars et puis c'est un chrétien. Il l'est beaucoup plus que les gens d'ici malgré leurs prières et leurs sermons. Un groupe de voyageurs part demain pour le Nevada ; je vais m'arranger pour envoyer un message à Hope : comme ça, il saura dans quel pétrin nous sommes. De ses mines à ici, il ne fera qu'un saut ! Plus vite que le télégraphe ! »

Lucy sourit à travers ses larmes.

« Quand il sera là, dit-elle, nous chercherons ensemble le meilleur parti à prendre. Mais c'est pour toi que je crains, papa. On raconte de si affreuses histoires sur ceux qui désobéissent au Prophète ! Il leur arrive toujours quelque chose de terrible.

— Mais nous n'avons pas encore désobéi ! répondit-il. C'est après qu'il faudra veiller au grain. Nous avons un mois entier devant nous. Réflexion faite, je pense que le mieux à faire est de quitter l'Utah.

— Quitter l'Utah !

— C'est le mieux.

— Et la ferme ?

— Nous réaliserons le plus d'argent possible et nous abandonnerons le reste. A vrai dire, Lucy, ce n'est pas la première fois que j'y songe. Je renâcle à ramper devant un simple mortel, comme je le vois faire aux gens d'ici devant leur maudit Prophète. Cela n'est pas de mon goût. Je suis un citoyen de la libre Amérique, moi ! Pour changer, je suis trop vieux. Si on vient rôder par ici, on pourrait bien recevoir une volée de chevrotines !

— Mais ils ne nous laisseront pas partir, objecta sa fille.

— Quand Jefferson sera là, nous nous arrangerons ensemble. En attendant, ma petite chérie, cesse de pleurer. Il ne faut pas que tu aies les yeux gonflés ; sinon, quand il te reverra, il va tomber dessus ! Il n'y a rien à craindre. Il n'y a pas du tout de danger ! »

Ces paroles rassurantes furent dites sur le ton qui convenait. N'empêche que, ce soir-là, Lucy observa que son père, contre son habitude, vérifia la fermeture des portes, et nettoya, puis chargea le vieux fusil de chasse qui s'était rouillé au mur de sa chambre.

XI

LA FUITE

Le lendemain matin, à Salt Lake City, John Ferrier trouva une personne de sa connaissance qui partait pour les montagnes du Nevada ; il lui confia son message à Jefferson Hope ; le danger qui les menaçait, lui et sa fille, et la nécessité de son retour auprès d'eux. Cela fait, il retourna chez lui, l'esprit plus tranquille et le cœur plus léger.

En approchant de sa ferme, il s'étonna de voir deux chevaux attachés à la grille. Et davantage encore de trouver son salon occupé par deux jeunes gens. L'un d'eux, renversé dans le rocking-chair et les pieds sur le poêle, avait un visage allongé et pâle ; l'autre, planté devant la fenêtre, les mains dans les poches, avait une grosse face bouffie aux traits communs, un cou de taureau ; il sifflait un air populaire. Tous deux firent un petit salut de la tête en voyant entrer Ferrier. Celui qui était affalé sur le rocking-chair amorça la conversation.

« Vous ne nous connaissez peut-être pas, dit-il. Voilà le fils de Drebber l'Ancien ; moi, je suis Joseph Stangerson. Nous avons voyagé avec vous dans le désert quand le Seigneur a étendu sa main et vous a réuni à son troupeau.

— Comme il fera de toutes les nations quand bon lui semblera, ajouta l'autre d'une voix nasillarde. Il moud lentement, mais il moud très fin. »

John Ferrier salua froidement. Il avait deviné à qui il avait affaire.

« Nous sommes venus, reprit Stangerson, sur le conseil de nos pères, vous demander la main de votre fille pour celui de nous deux que, vous et votre fille, vous choisirez. Je n'ai que quatre femmes ; frère Drebber, lui, en a sept ; j'ai donc de meilleurs titres.

— Non, non, frère Stangerson ! s'écria l'autre. La question n'est pas là. Il ne s'agit pas de savoir combien de femmes nous avons, mais combien de femmes nous pouvons entretenir. Mon père m'a cédé ses mines ; je suis le plus riche.

— Mais j'ai plus d'avenir, repartit Stangerson. Quand le Seigneur m'enlèvera mon père, j'hériterai la tannerie et sa fabrique de cuir. Et puis, je suis l'aîné ; j'occupe un rang supérieur dans l'Eglise.

— A la jeune fille de décider, répliqua Drebber, souriant à son image reflétée par la glace. Nous nous en remettons à elle. »

Pendant cet échange, John Ferrier, debout sur le seuil, bouillait de colère : il avait envie de tomber à coups de cravache sur le dos des deux intrus.

« Ecoutez, dit-il enfin en avançant à grands pas vers eux. Quand ma fille vous convoquera, vous pourrez venir ; mais d'ici là, je ne veux pas revoir vos deux têtes ! »

Les deux jeunes Mormons tombèrent des nues. Rien n'était, à leurs yeux, plus honorable pour le père et la jeune fille que leur compétition.

« Vous pouvez sortir d'ici de deux manières, continua Ferrier en élevant la voix. Voici la porte et voici la fenêtre. Choisissez ! »

Son visage bruni avait pris une expression féroce. Ses mains osseuses firent un geste menaçant. Les deux jeunes gens se levèrent d'un bond et battirent promptement en retraite. Le vieux fermier les suivit jusqu'à la porte.

« Quand vous vous serez mis d'accord, vous me le ferez savoir ! dit-il ironiquement.

— Il vous en cuira ! s'exclama Stangerson, blême de rage. Vous avez bravé le Prophète et le Conseil des Quatre. Vous vous en repentirez jusqu'à la fin de votre vie !

— La main du Seigneur s'appesantira sur vous ! hurla le jeune Drebber. Il se lèvera et vous frappera.

— Eh bien, moi, je n'attendrai pas ! » rugit Ferrier en colère. Il montait quatre à quatre chercher son fusil ; Lucy le retint. Il se dégagea, mais le galop des chevaux l'avertit qu'ils étaient déjà hors d'atteinte.

« Hypocrites ! Gredins ! lança-t-il en essuyant la sueur de son front. J'aimerais mieux te savoir couchée dans la tombe, ma fille, que dans le lit de l'un d'eux !

— Moi aussi je le préférerais ! répondit-elle avec énergie. Mais Jefferson ne tardera pas à arriver.

— Tant mieux ! Car je me demande ce qu'ils nous réservent ! »

Le père et la fille avaient bien besoin de l'aide d'un allié avisé ! Une pareille leçon d'atteinte à l'autorité des anciens ne s'était encore jamais vue dans toute l'histoire de la colonie. Or, si la sanction des fautes mineures était si rigoureuse, quel serait le châtiment d'une telle rébellion ? Ferrier savait que sa fortune ne le mettrait pas à couvert : on en avait fait disparaître d'aussi riches et d'aussi notables, et l'Église s'était approprié leurs biens. Il avait beau être courageux, il tremblait devant le danger indéfinissable qui le menaçait. Braver un danger connu n'était rien, mais cette incertitude ébranlait ses nerfs. Il feignait l'insouciance pour dissimuler ses craintes à Lucy.

Mais avec la perspicacité de l'amour filial, Lucy devinait facilement son inquiétude.

Il prévoyait un message, ou une remontrance quelconque de la part de Young. Il ne se trompait pas, bien que le message lui parvînt d'une manière inattendue. Quand il se leva le matin suivant, il trouva, à sa grande surprise, un feuillet épinglé au couvre-lit à la place de sa poitrine. On y avait écrit en caractères gras tout de travers :

« Tu as 29 jours pour t'amender, et ensuite... »

Les points de suspension étaient plus effrayants que la plus effrayante des menaces. John Ferrier se creusa la tête pour savoir comment cet *avertissement* était venu. Les domestiques couchaient dans une dépendance ; il avait vérifié la fermeture des portes et des fenêtres. Il froissa le papier et n'en dit mot à sa fille. Mais l'incident lui avait glacé le cœur. Les vingt-neuf jours, c'était évidemment ce qui restait du mois de réflexion que Young lui avait octroyé. Que pouvaient la force ou le courage contre un ennemi jouissant d'un pouvoir aussi mystérieux ? La main qui avait fiché l'épingle aurait tout aussi bien pu le frapper au cœur : le meurtrier serait demeuré inconnu.

Il fut encore tout troublé le lendemain. Il s'apprêtait à prendre son petit déjeuner en compagnie de Lucy, quand celle-ci poussa un cri de surprise et leva le doigt. Au milieu du plafond était griffonné comme au charbon le nombre 28. Lucy n'en comprenait pas la signification et son père ne la lui expliqua pas. Cette nuit-là, armé de son fusil, il monta la garde. Il ne vit ni n'entendit rien. Pourtant, au matin suivant, il trouva le nombre 27 en gros chiffres peint sur l'extérieur de sa porte !

Chaque matin, il trouva ainsi affiché le nombre de jours qui lui restaient sur le mois de grâce ; ses ennemis invisibles l'inscrivaient à différents endroits bien en vue, tantôt sur un mur, tantôt sur le parquet, d'autres fois sur de petits placards accrochés à la grille du jardin ou à un barreau de la clôture. Malgré sa vigilance, Ferrier ne pouvait découvrir comment ces avertissements quotidiens lui parvenaient. Rien qu'à les voir, une crainte quasi-superstitieuse le bouleversait. Il devint hagard, agité. Ses yeux avaient le regard angoissé d'un animal traqué. Il gardait un espoir : le jeune chasseur du Nevada.

Le nombre fatal était tombé de 20 à 15, puis de 15 à 10, sans que Jefferson eût donné de ses nouvelles. Les nombres allèrent diminuant, un par un : toujours pas de nouvelles ! Chaque fois que le vieux fermier entendait passer un cavalier sur la route ou crier un conducteur après son attelage, il se précipitait à la grille : en vain ! Quand il vit le nombre tomber de 5 à 4, puis à 3, le courage et l'espérance désertèrent son cœur. Sans aide, et connaissant mal les montagnes qui entouraient la colonie, comment s'évaderaient-ils ? Les routes étaient surveillées d'une manière stricte ; personne ne pouvait les utiliser sans une permission du Conseil. Il avait beau chercher, il ne voyait aucun moyen de détourner le coup suspendu sur sa tête. Jamais, cependant, sa résolution ne faiblit : les Mormons n'auraient pas sa fille ; il mourrait plutôt !

Un soir, il était seul et réfléchissait. Le matin même, on avait inscrit le chiffre 2 sur un mur. Ce serait ensuite le dernier jour du délai accordé. Qu'adviendrait-il ? Son imagination était pleine de visions vagues et terribles. Et sa fille, que ferait-on d'elle quand il ne serait plus là ? Comment échapper au filet qui les enveloppait ? Il laissa tomber sa tête sur la table et éclata en sanglots.

Soudain il se redressa. Il avait entendu un léger grattement : faible, mais distinct dans le silence de la nuit. Ce bruit était venu de l'extérieur. Ferrier se glissa dans le vestibule et tendit l'oreille. Il y eut une brève pause, puis le bruit faible, insinuant, recommença. De toute évidence, quelqu'un frappait doucement à la porte. S'agissait-il d'un assassin venant à minuit exécuter la sentence du tribunal secret ? Ou

bien d'un agent marquant le chiffre du dernier jour ?
— Bah ! une prompte mort vaudrait encore mieux
que cette attente qui lui figeait le sang ! Il prit son
élan, tira le verrou et ouvrit toute grande la porte.

Dehors, tout était calme et silencieux. La nuit était
brillante d'étoiles. Le fermier ne vit personne dans le
petit jardin fermé par la clôture et la grille, ni sur la
route. Il poussa un soupir de soulagement. Il regarda
encore à droite, à gauche, enfin à ses pieds. Quelle ne
fut pas sa surprise : un homme était allongé sur le
sol, la face contre terre !

Sidéré, Ferrier dut s'appuyer contre le mur et porter la main à sa gorge pour ne pas crier. Sa première
pensée fut que l'homme était blessé, peut-être mou-
rant. Mais il le vit ramper sur le sol et entrer dans le
vestibule aussi rapidement et silencieusement qu'un
serpent. Une fois dans la maison, l'homme se dressa
vivement sur ses pieds pour fermer la porte ; il se
retourna : le visage farouche de Jefferson Hope
apparut au fermier.

« Bonté divine ! balbutia John Ferrier. Que vous
m'avez fait peur ! Pourquoi diable êtes-vous entré
comme ça ?

— Donnez-moi à manger, dit l'autre d'une voix
éraillée. J'ai été quarante-huit heures sans boire ni
manger. »

Il se jeta sur le pain et la viande froide qui restaient
du repas de son hôte.

« Comment va Lucy ? demanda-t-il, sa faim
apaisée.

— Bien, répondit Ferrier. Mais elle ne se doute
pas du danger que nous courons.

— Tant mieux ! La maison est gardée de tous
côtés. Voilà pourquoi je suis venu en rampant. Ils
sont peut-être malins, mais pas assez pour pincer un
chasseur Washoe ! »

John Ferrier se sentait un autre homme. Il saisit la
main calleuse de l'ami dévoué et la serra avec force.

« Je suis fier de vous ! dit-il. Il n'y en a pas beaucoup qui seraient venus partager notre danger et nos peines.

— Vous l'avez dit ! répondit le jeune chasseur. J'ai du respect pour vous, mais, si vous aviez été seul dans cette affaire, j'y aurais regardé à deux fois ! C'est pour Lucy que je suis venu. Avant qu'il lui arrive le moindre mal, la famille Hope comptera un membre de moins !

— Qu'allons-nous faire ?

— C'est demain le dernier jour. Si vous n'agissez pas cette nuit, vous êtes perdu. Deux chevaux et une mule nous attendent au cañon de l'Aigle. Combien d'argent avez-vous ?

— Deux mille dollars en or et cinq mille en billets.

— Cela suffit. J'en ai autant. Il faut nous rendre à Carson City par les montagnes. Faites lever Lucy. C'est une chance que les domestiques ne couchent pas dans la maison. »

Pendant l'absence de Ferrier, Jefferson Hope fit un petit paquet de tout ce qu'il put trouver de comestible et il emplit d'eau une jarre de grès : il savait par expérience que, dans les montagnes, les sources sont rares. A peine avait-il terminé ces préparatifs, que le fermier revint avec Lucy tout habillée et prête à partir. Les épanchements entre les amoureux furent tendres, mais brefs : il n'y avait pas une minute à perdre.

« Partons tout de suite ! dit Jefferson Hope, de la voix basse mais résolue d'un homme qui a mesuré la grandeur du péril mais qui s'est armé de courage pour l'affronter. Le devant et le derrière de la maison sont surveillés ; mais, en faisant bien attention, nous devrions pouvoir nous enfuir par une fenêtre sur le côté et de là à travers champs. Une fois sur la route, nous ne serons plus qu'à trois kilomètres du ravin où nos montures attendent. A l'aube, nous devrions être en pleine montagne.

— Et si on nous arrête ? » dit Ferrier.

Hope frappa la crosse du revolver qui gonflait sa tunique.

« S'ils sont trop nombreux, dit-il avec un sourire sinistre, nous en emmènerons deux ou trois avec nous ! »

Ils avaient éteint les lumières. De la fenêtre, Ferrier contempla pour la dernière fois ses champs. Il s'était longtemps préparé à en faire le sacrifice. L'honneur et le bonheur de sa fille lui importaient beaucoup plus que sa fortune. Tout respirait une paix profonde : les arbres au bruissement léger et les grands champs de blé silencieux. Le moyen de croire que des meurtriers s'y tenaient tapis à l'affût ? Cependant, le visage blême et l'expression figée du jeune chasseur en disaient long sur ce qu'il avait pu observer en s'approchant de la maison.

Ferrier porterait le sac d'or et de billets ; Jefferson Hope, les maigres provisions, et Lucy, un petit paquet : ses choses les plus chères. Ils ouvrirent la fenêtre, lentement, doucement ; quand un nuage rendit l'obscurité plus complète, ils se glissèrent dans le jardin, l'un après l'autre ; tout recroquevillés et retenant leur souffle, d'un pas hésitant ils atteignirent la haie. Ils la longèrent jusqu'à une trouée qui s'ouvrait sur un champ de maïs. Là, le jeune homme saisit le bras de ses compagnons et les fit rentrer dans l'ombre, où ils restèrent muets et tremblants.

Ayant heureusement, vécu dans la prairie, Jefferson Hope avait l'oreille très fine. Lui et ses amis venaient de se tapir, quand, à quelques mètres d'eux, se fit entendre le triste ululement d'un hibou, auquel répondit immédiatement un autre un peu plus loin. Au même instant, une ombre déboucha de la trouée et répéta le même signal plaintif. Un deuxième homme surgit.

« Demain à minuit ! ordonna le premier. Quand l'engoulevent aura crié trois fois.

— Entendu ! dit l'autre. Je préviens frère Drebber ?

— Transmets-lui l'ordre. Lui le transmettra aux autres. Neuf à sept !

— Sept à cinq ! » répondit l'autre.

Les deux ombres se séparèrent. Les dernières paroles échangées étaient sans doute des mots de passe. Le bruit des pas se perdit au loin.

Jefferson se releva d'un bond. Il aida ses compagnons à passer par la trouée et il les mena à travers champs en courant de toutes ses forces.

« Dépêchez-vous ! Dépêchez-vous ! les exhortait-il de temps en temps d'une voix entrecoupée. Nous franchissons le cordon de sentinelles. Tout dépend de notre rapidité. Dépêchez-vous ! » Il soutint et porta presque la jeune fille hors d'haleine.

Une fois sur la route, ils foncèrent à grandes enjambées. Il n'aperçurent qu'un seul homme ; encore celui-ci ne les reconnut-il pas : ils avaient eu le temps de se cacher dans un champ. Un peu avant la ville, ils prirent un sentier caillouteux qui conduisait aux montagnes. Au-dessus d'eux se dressaient deux pics sombres et dentelés. Le défilé qui les traversait, c'était le cañon de l'Aigle où attendaient les chevaux et la mule. Avec un instinct infaillible, Jefferson Hope se dirigea, parmi de grosses pierres, puis le long du lit d'un torrent desséché, vers un endroit retiré derrière des rochers. C'était là qu'il avait attaché les bêtes. La jeune fille s'assit sur la mule et son père, qui avait le sac à argent, enfourcha l'un des chevaux. Jefferson Hope ouvrit la marche dans le col escarpé et dangereux.

Chemin effroyable pour quiconque n'était pas habitué aux pires sautes d'humeur de Dame Nature ! D'un côté, s'élevait sur plus de trois cents mètres, le flanc abrupt, noir, morne et menaçant, d'une montagne ; des colonnes de basalte saillant sur la surface rugueuse ressemblaient aux côtes d'un monstre pétrifié. De l'autre côté, un obstacle infranchissable : un indescriptible chaos de pierres et de débris. Au milieu, le col faisait le lacet ; de place en place, il se resserrait : il fallait aller en file indienne ; enfin, c'était un chemin tout à fait impraticable, sinon pour des cavaliers expérimentés. Néanmoins, malgré toutes les difficultés, les fugitifs se reprenaient à espé-

rer : chaque pas augmentait la distance qui les séparait des despotes qu'ils fuyaient !

Cependant, ils n'étaient pas encore sortis du territoire des Saints ; ils en eurent bientôt la preuve. A
l'endroit le plus sauvage et le plus désolé du col, la
jeune fille poussa un cri de surprise en désignant le
sommet du roc qui les dominait : la silhouette d'une
sentinelle solitaire se découpait sur le ciel. Le garde
fit retentir le ravin silencieux de la sommation militaire :

« Qui vive ?

— Des voyageurs en route pour le Nevada »,
répondit Jefferson Hope en saisissant le fusil qui
pendait à sa selle.

Le garde empoigna son fusil : la réponse lui semblait louche, sans doute.

« Avec la permission de qui ? demanda-t-il.

— Des Quatre Saints », répondit Ferrier.

Sa connaissance des Mormons lui avait appris que
c'était la meilleure autorité qu'il pût invoquer.

« Neuf à sept ! cria le garde.

— Sept à cinq ! répondit aussitôt Jefferson qui se
rappela le mot de passe entendu dans le jardin.

— Passez, et que le Seigneur soit avec vous ! » dit
la voix d'en haut.

En se retournant, ils virent la sentinelle appuyée
sur son fusil. Ils avaient franchi le dernier poste du
peuple élu : la liberté devant eux !

XII

LES ANGES VENGEURS

Ils passèrent la nuit à franchir une succession
d'inextricables défilés et de sentiers tortueux jonchés
de pierres. Ils s'égarèrent plusieurs fois, mais, grâce

à l'expérience de Hope, ils retrouvèrent leur chemin. Au lever du jour, un spectacle aussi merveilleux que sauvage, s'offrit à leurs yeux. De toutes parts, des pics altiers couverts de neige les enserraient ; chacun d'eux regardait, comme par-dessus l'épaule d'un autre, l'horizon lointain. Les mélèzes et les pins qui poussaient à leurs flancs presque verticaux semblaient suspendus au-dessus du col : il aurait suffi du moindre souffle de vent pour les y précipiter ! Il ne s'agissait d'ailleurs pas d'une pure illusion : l'aride vallée était encombrée d'arbres et de grosses pierres qui y avaient roulé. Une fois, sur leur passage, une énorme roche dégringola avec un bruit de tonnerre qui réveilla les échos dans les gorges silencieuses, et fit partir au galop les chevaux harassés.

Le soleil se leva lentement à l'orient ; les pics s'allumèrent, l'un après l'autre, comme les lanternes d'une fête ; à la fin, ils resplendirent tous. Ce magnifique panorama réchauffa le cœur des trois fugitifs et leur donna une nouvelle énergie. A un torrent fougueux qui dévalait d'un ravin, ils firent une halte ; et, tandis que leurs chevaux s'y abreuvaient, ils prirent un repas hâtif. Lucy et son père auraient volontiers prolongé cette pause, mais Jefferson Hope ne l'entendit pas ainsi. « En ce moment, dit-il, nos ennemis sont à nos trousses. Tout dépend encore de notre rapidité. Une fois hors de leur atteinte à Garson, nous pourrons nous reposer le reste de notre vie. »

Ils poursuivirent leur route. Entre eux et leurs ennemis, d'après le calcul qu'ils firent ce soir-là, ils avaient mis une quarantaine de kilomètres. A la base d'un rocher en surplomb abrité du vent glacial qui soufflait, serrés l'un contre l'autre, ils purent goûter quelques heures de sommeil. Avant l'aube, toutefois, ils s'étaient remis en marche. Jefferson Hope commençait à croire qu'ils avaient enfin échappé à la terrible société qu'ils avaient défiée. Quelle erreur ! La main de fer allait bientôt se refermer sur eux et les broyer.

Vers le milieu du second jour, les provisions man-

quèrent. Le chasseur ne s'en inquiéta guère : les
montagnes étaient giboyeuses et lui-même avait souvent vécu de chasse. Sous un enfoncement, il fit un
feu de branches sèches autour duquel ils se réchauf-
fèrent ; l'air était vif à dix-huit cents mètres d'alti-
tude ! Il attacha les chevaux, fit ses adieux à Lucy,
puis, le fusil sur l'épaule, il partit en quête de gibier.
Ayant tourné la tête, il vit le vieil homme et la jeune
fille penchés au-dessus du brasier ; les chevaux et la
mule se tenaient immobiles à l'arrière-plan.

D'un ravin à l'autre, il marcha quelque trois kilomètres sans rien trouver. Cependant, d'après des traces sur l'écorce des arbres et quelques autres indices,
de nombreux ours devaient se trouver dans le voisinage. Après trois heures de recherches, étant bredouille, il songea à rebrousser chemin. Alors, il
regarda en l'air et il tressaillit de joie : à cent mètres
au-dessus de lui, au bord d'une corniche, se tenait
une espèce de mouton aux cornes gigantesques : à
proprement parler, un mouton des montagnes
Rocheuses. La bête gardait sans doute un troupeau
qu'il ne voyait pas. Par bonheur, elle lui tournait le
dos ; elle n'avait pas flairé sa présence. Il se coucha à
plat ventre, il appuya son fusil sur une pierre et il
visa longuement avant de presser la détente. L'animal fit un bond ; il chancela un instant au bord du
précipice, puis il tomba au fond de la vallée.

Il n'avait pas la force d'emporter le mouton ; il se
contenta de couper une hanche et une partie du
flanc. Il chargea ce trophée sur son épaule et revint
sur ses pas en toute hâte : la nuit était proche. Il se
rendit bientôt compte de la difficulté du retour. Dans
son ardeur, il s'était beaucoup éloigné des ravins
qu'il connaissait. La vallée où il se trouvait se divisait
et se subdivisait en plusieurs gorges indistinctes. Il
s'engagea dans l'une d'elles ; un kilomètre plus loin,
il découvrit un torrent qu'il n'avait jamais vu auparavant : il avait fait fausse route. Il retourna en
arrière ; il essaya une autre gorge ; même insuccès.
La nuit tomba tout d'un coup. Il faisait presque noir

quand il retrouva son chemin. Même alors, c'était encore une affaire que de ne pas s'en écarter : dans ce défilé encaissé, l'obscurité était profonde et la lune n'avait pas fait son apparition. Fourbu à la suite de ses efforts et pliant sous son fardeau, il avançait en trébuchant ! pour s'encourager, il se disait que chaque pas le rapprochait de Lucy, et qu'il apportait de quoi la nourrir jusqu'à la fin du voyage.

Il était parvenu à l'entrée du défilé où il les avait laissés. Malgré l'obscurité, il reconnaissait les escarpements qui le bordaient. Ils devaient, pensait-il, l'attendre anxieusement : son absence avait duré presque cinq heures. Pour leur annoncer son retour, il mit ses mains en porte-voix et fit répéter à l'écho un sonore cri d'appel. Il fit une pause et prêta l'oreille. Pas de réponse, rien que son propre cri qui, maintes et maintes fois, lui revint du fond des mornes ravins solitaires. Il cria de nouveau, encore plus fort. Ses amis, qu'il avait quittés tout à l'heure, demeurèrent silencieux. Une crainte vague, indéfinissable, s'empara de lui. Il se prit à courir comme un fou. Dans sa panique, il laissa tomber la précieuse nourriture.

Après le dernier détour, il aperçut l'endroit où il avait allumé un feu. Il couvait encore sous un tas de cendres ; de toute évidence, on ne l'avait pas entretenu depuis son départ. Un silence effrayant régnait toujours partout à la ronde. Craignant le pire, il se précipita en avant. Il n'y avait, près des braises, aucun être vivant : le vieillard, la jeune fille, les bêtes, tout avait disparu. Hope devina tout de suite que, pendant son absence, une catastrophe était intervenue, une catastrophe qui s'était abattue sans laisser aucune trace.

Étourdi par ce coup du sort, il eut le vertige ; il dut s'appuyer sur son fusil pour ne pas tomber. Mais c'était par définition un homme d'action : il surmonta vite ce moment de défaillance. Il saisit un morceau de bois à demi consumé, il souffla dessus et s'en servit ensuite comme d'une torche pour examiner le petit camp. Alors il vit sur le sol les traces de nombreux chevaux. Une troupe de cavaliers avait surpris les fugitifs et, d'après la direction des empreintes, elle avait ensuite regagné Salt Lake City. Avaient-ils emmené le père et la fille ? Jefferson Hope en était presque persuadé lorsque ses regards tombèrent sur un objet qui le fit sursauter : un tas de terre rougeâtre, peu élevé, à quelques pas du camp. Ce ne pouvait être qu'une tombe nouvellement creusée. On y avait planté un bâton et on y avait fixé un morceau de papier. L'inscription était brève, mais précise :

JOHN FERRIER

ancien habitant de Salt Lake City.

Mort le 4 août 1860

Le robuste vieil homme, qu'il avait quitté quelques heures auparavant, était donc bien mort ! Et c'était là toute son épithaphe... Fébrilement, il chercha une autre tombe ; mais il ne trouva rien. Lucy était donc condamnée à faire partie du harem d'un fils d'ancien ! Quand le jeune homme eut compris qu'il ne pouvait plus rien empêcher, il regretta de n'avoir pas été tué comme le vieux fermier.

Désespéré, il tomba dans une sorte de léthargie ; mais, de nouveau, son esprit actif l'en tira. S'il était impuissant à secourir Lucy, du moins pourrait-il la venger : il y consacrerait sa vie ! Jefferson Hope était vindicatif autant que patient et persévérant, c'est-à-dire terriblement vindicatif ! Peut-être tenait-il ces qualités et ce défaut des Indiens avec lesquels il avait vécu... Il regarda le tas de cendres et il comprit que seule une vengeance complète, parfaite, adoucirait son chagrin. « Désormais, se jura-t-il, toute ma force de volonté, toute mon énergie y seront consacrées ! » Blême, menaçant, il revint sur ses pas jusqu'à l'endroit où il avait laissé tomber la viande ; il en fit cuire assez pour s'alimenter quelques jours : puis, tout fatigué qu'il était, il se lança sur la piste des Anges vengeurs.

Pendant cinq jours, épuisé, les pieds blessés, il se traîna par les défilés qu'il avait déjà traversés à cheval. La nuit, il se jetait parmi les pierres pour quelques heures de sommeil ; mais avant l'aube, il avait repris sa marche. Le sixième jour, il atteignit le cañon de l'Aigle. De là-haut, il contempla le repaire des Saints. Il s'appuya sur son fusil et menaça du poing la ville silencieuse. Des rues pavoisées et quelques autres signes de festivités attirèrent son attention. Il était en train de se demander ce que cela signifiait quand le bruit des sabots d'un cheval se fit entendre. Un cavalier se dirigeait de son côté. Hope le reconnut. C'était un Mormon nommé Cowper, à qui il avait rendu quelques services. Peut-être savait-il ce qu'il était advenu de Lucy ? Hope l'arrêta.

« Je suis Jefferson Hope, dit-il. Vous vous souvenez de moi ? »

Le Mormon le regarda avec stupéfaction : comment retrouver dans ce vagabond au visage livide, à l'œil hagard, le jeune et pimpant cavalier de naguère ? A la fin, toutefois, Cowper le reconnut. Sa surprise se mua en consternation.

« Vous êtes fou de venir ici ! cria-t-il. Et si l'on me voit avec vous, je suis un homme mort. Un mandat d'amener a été lancé contre vous. Les Quatre Saints vous accusent d'avoir aidé les Ferrier à prendre la fuite.

— Je me fiche d'eux et de leur mandat ! répondit Hope avec vivacité. Vous devez savoir ce qui se passe, Cowper. Au nom de ce que vous avez de plus cher au monde, je vous conjure de répondre à quelques questions. Nous avons toujours été bons amis. Pour l'amour de Dieu, ne me refusez pas cela !

— Eh bien, qu'est-ce que vous voulez savoir ? demanda le Mormon, très mal à son aise. Soyez bref : les rochers entendent, les arbres voient !

— Qu'est devenue Lucy Ferrier ?

— On lui a fait épouser hier le jeune Drebber. »

Cette nouvelle sembla porter un coup mortel à son interlocuteur.

« Du courage, mon gars ! Du courage ! reprit Cowper, troublé.

— Ne faites pas attention ! » dit Hope d'une voix éteinte.

Il était pâle comme un linge. Il se laissa tomber sur une pierre.

« Vous dites qu'elle est mariée ?

— Oui, depuis hier. C'était pour la noce, les drapeaux. Il y a eu pas mal de tiraillements entre le jeune Stangerson et le jeune Drebber : ils voulaient tous les deux avoir la fille. Tous les deux avaient pris part à la chasse aux Ferrier. C'était le jeune Stangerson qui a abattu le père ; cela lui donnait un avantage très net sur l'autre... Pourtant, quand on a discuté la chose au Conseil, c'est au jeune Drebber que le Prophète a donné la préférence, parce que son parti y est le plus fort. Mais il n'en profitera pas beaucoup ! Hier, la mort se peignait sur le visage de sa nouvelle femme. Ce n'est plus une femme, c'est un spectre... Maintenant, sauvez-vous !

— Oui, je m'en vais ! » répondit Jefferson Hope qui s'était relevé.

Son visage, d'une pâleur de marbre, avait pris une expression féroce. L'éclat de ses yeux avait quelque chose de sinistre.

« Où allez-vous ?

— Vous en faites pas ! » dit-il.

Et, le fusil sur l'épaule, à grandes enjambées, il se rua dans l'étroit sentier qui menait en plein cœur de la montagne pour aller vivre parmi les bêtes sauvages. Non, il n'y en aurait pas de plus féroce, de plus dangereux que lui !

La prédiction de Cowper ne tarda point à se réaliser. Soit à cause de la mort affreuse de son père, soit par suite de l'abominable mariage auquel on l'avait contrainte, la pauvre Lucy languit pendant un mois, puis mourut. Son mari, qui l'avait épousée pour avoir les biens de Ferrier, témoigna très peu de chagrin en la perdant ; en revanche, comme c'est l'usage chez les Mormons, les autres femmes de Drebber la pleurèrent et elles passèrent auprès de son corps la nuit précédant l'enterrement. Au matin, elles étaient encore groupées autour du cercueil, quand elles furent frappées d'un étonnement et d'une frayeur indicibles : la porte s'ouvrit brusquement, un homme en guenilles, sauvage d'aspect, au visage basané, pénétra dans la chambre mortuaire sans jeter un regard ni adresser une parole aux femmes agenouillées, il s'approcha du corps immobile et blanc où l'âme pure de Lucy Ferrier avait résidé ; il se pencha et baisa le front glacé ; puis il s'empara de la main de la morte et en arracha l'alliance en rugissant : « On ne l'enterrera pas avec ! » Avant que les veilleuses n'eussent eu le temps de donner l'alarme, il s'était éclipsé. L'incident leur sembla si étrange, il avait été si soudain, qu'elles auraient pu se croire dupes d'une illusion, sans un fait indéniable : la disparition de l'anneau nuptial.

Jefferson Hope s'attarda plusieurs mois dans les montagnes ; il menait une vie sauvage tout en nourrissant un ardent désir de vengeance. En ville, les histoires se multipliaient sur l'être mystérieux qui rôdait aux abords de la cité et qui hantait les défilés solitaires de la montagne. Un jour, une balle tirée par la fenêtre s'aplatit sur le mur, à quelques centimètres de Stangerson. Une autre fois, Drebber passait le long d'un escarpement, et une grosse pierre tomba près de lui : il n'avait échappé à une mort affreuse qu'en se jetant par terre. Les deux jeunes Mormons n'hésitèrent pas à mettre un nom sur l'auteur de ces attentats. Pour le capturer ou le tuer, ils organisèrent plusieurs expéditions dans les montagnes ; sans succès. Ils n'osaient plus se montrer seuls ni sortir après la tombée de la nuit ; ils firent garder leurs maisons. Au bout d'un certain temps, leur vigilance se relâcha : leur ennemi n'avait plus donné signe de vie. Ils se prirent à espérer qu'il avait perdu de sa férocité.

Au contraire son appétit de vengeance, loin de diminuer, s'était exaspéré. Il dominait son esprit au point que tout autre sentiment en était banni. Mais Jefferson Hope était par-dessus tout un homme pratique. Bientôt, il se rendit compte que sa constitution, si robuste qu'elle fût, ne résisterait pas aux rigueurs des saisons et au manque de nourriture saine : peu à peu, il perdait ses forces. Comment pourrait-il se venger s'il mourait comme un chien au milieu des montagnes ? Or, c'était ce qui l'attendait pour peu qu'il s'obstinât à mener cette existence. Ferait-il donc le jeu de ses ennemis ? Il retourna dans le Nevada pour rétablir sa santé et amasser un peu d'argent : ensuite il pourrait se consacrer tout entier à son projet.

Il avait compté revenir au bout d'une année ; mais un enchaînement de circonstances imprévues le retint cinq ans dans la région des mines. Ce temps écoulé n'avait pas estompé le souvenir des torts qu'on lui avait faits, et il souhaitait autant se venger que lors de cette nuit inoubliable qu'il avait passée près de la tombe de John Ferrier. Il regagna Salt Lake City, sous un déguisement et un nom d'emprunt. Peu lui importait sa vie. L'essentiel était qu'il se fît justice. En arrivant chez le Peuple Elu, il apprit de mauvaises nouvelles : un schisme avait éclaté quelques mois auparavant. Plusieurs des plus jeunes membres de l'Eglise s'étaient rebellés contre l'autorité des anciens et un certain nombre de mécontents avaient quitté l'Utah pour se faire gentils. Drebber et Stangerson étaient parmi ceux-là. Personne ne savait où ils se trouvaient. D'après la rumeur publique, Drebber s'était arrangé pour convertir en argent une grande partie de ses propriétés ; il était parti bien nanti ; au contraire, Stangerson, qui l'accompagnait, était relativement pauvre. Là se bornaient les renseignements que Jefferson Hope recueillit.

En face de ces difficultés, un autre aurait abandonné la partie ; mais Jefferson Hope ne renonça pas. Avec ses petites économies, grossies de ce qu'il gagnait en route, il voyagea de ville en ville à la recherche de ses ennemis. Des années passèrent. Ses cheveux noirs commencèrent à grisonner. Mais, tel un véritable limier, il cherchait toujours ; sa vengeance était devenue son unique raison de vivre. A la fin sa persévérance fut récompensée. Un jour, à Cleveland, il aperçut par une fenêtre les deux hommes qu'il recherchait. Il rentra dans son misérable logis pour méditer un plan. Mais Drebber l'avait reconnu sous ses haillons, et il avait surpris son regard meurtrier. Accompagné de Stangerson, qui était devenu son secrétaire particulier, il courut chez le juge de paix, à qui il exposa le danger de mort que leur faisaient courir la haine et la jalousie d'un ancien rival. Le soir même, Jefferson Hope fut arrêté. Faute de répondant, il fut détenu quelques semaines. Il ne sortit de prison que pour trouver vide la maison de Drebber. Lui et son secrétaire étaient partis pour l'Europe.

Ce nouvel échec ne fit que stimuler son zèle. L'argent manquait ; il retravailla et il économisa sou par sou en vue de son prochain voyage. Quand il eut amassé assez, il s'embarqua à son tour. Puis la chasse recommença, de capitale en capitale ; mais ses ennemis lui échappaient toujours. Pour régler ses dépenses, il accepta toutes sortes de besognes serviles ; cela lui faisait perdre du temps. Quand il arriva à Saint-Petersbourg, Drebber et Stangerson avaient quitté cette ville pour Paris : parvenu à Paris, il apprit qu'ils venaient de se mettre en route vers Copenhague ; là encore, il fut en retard : ils se dirigeaient sur Londres. C'est à Londres qu'il réussit enfin à les acculer. Pour la suite, il n'est que de citer le propre récit du vieux chasseur, consigné dans le journal intime du docteur Watson, auquel nous sommes déjà redevables de beaucoup.

XIII

SUITE DES MÉMOIRES
DU DOCTEUR JOHN WATSON

Il ne fallait voir aucune animosité à notre égard dans la résistance acharnée que notre prisonnier nous opposa. Convaincu de son impuissance, il nous sourit d'un air affable ; il souhaitait n'avoir blessé personne dans la bagarre.

« Je suppose que vous allez me conduire au poste, dit-il à Sherlock Holmes. Ma voiture est à la porte. Si vous voulez me détacher les jambes, je vous y mènerai, car je ne suis pas si léger qu'il y a vingt ans. »

Gregson et Lestrade se regardèrent, méfiants : cette proposition n'était pas de leur goût. Mais Holmes écouta le prisonnier et dénoua la serviette qui attachait ses chevilles. L'homme se releva, étendit ses jambes : il pouvait marcher. Je le regardai : jamais je n'avais vu un individu aussi solidement bâti. Son visage basané indiquait une énergie et une résolution aussi remarquables que sa force.

« Si la place de chef de police devenait libre, dit-il en regardant Sherlock Holmes avec une véritable admiration, elle ne vous irait pas mal ! La manière dont vous m'avez dépisté vaut toutes les recommandations.

— Accompagnez-nous donc ! dit Holmes aux deux détectives.

— Je sais conduire, dit Lestrade.

— Très bien. Vous, Gregson, venez avec nous à l'intérieur du fiacre. Vous aussi, docteur ; vous vous êtes intéressé à cette affaire ; suivez-la jusqu'au bout. »

J'acceptai volontiers, et nous descendîmes tous ensemble. Notre prisonnier ne tenta nullement de s'échapper. Calme, il entra dans son fiacre où nous le suivîmes. Lestrade monta sur le siège, fouetta le cheval, et nous conduisit vite à destination. On nous fit pénétrer dans une petite salle. Un inspecteur nota le nom du prisonnier et ceux des hommes qu'il était accusé d'avoir tués. Cet officier au teint blême, à l'air flegmatique, remplit ses fonctions machinalement.

« Le prisonnier comparaîtra devant ses juges dans le courant de la semaine, dit-il. Monsieur Hope, avez-vous une déclaration à faire ? Mais je dois vous prévenir que nous noterons vos paroles, et qu'elles pourront être utilisées contre vous.

— J'ai beaucoup à dire, répliqua Jefferson Hope. Messieurs, je vais tout vous raconter !

— Ne feriez-vous pas mieux de garder cela pour le tribunal ? dit l'inspecteur.

— Il se peut qu'il n'y ait pas de procès, dit Hope. Ne sourcillez pas. Je ne songe pas au suicide. »

Il tourna vers moi ses yeux noirs et farouches.

« Vous êtes médecin, je crois ?

— Oui, répondis-je.

— Alors, posez votre main là », dit-il en souriant.

Il leva vers sa poitrine ses poignets liés par les menottes.

Je m'exécutai. Je constatai un extraordinaire battement de cœur. Sa poitrine tremblait et frémissait comme la cloison d'une frêle construction secouée par une puissante machine en marche. En l'auscultant dans le silence, j'entendis siffler et bourdonner sourdement.

« Eh bien, dis-je, vous avez un anévrisme de l'aorte.

— Oui, c'est ce qu'on m'a dit, répondit-il placidement. J'ai été voir un docteur, la semaine dernière. Et il m'a dit que ça éclaterait sous peu. Ça empire depuis des années. J'ai attrapé cela dans les montagnes de Salt Lake où j'ai souffert du froid et de la faim. Mais ma tâche est accomplie : je suis prêt à partir. Tout de même, je voudrais bien m'expliquer, avant. Je ne veux pas qu'on se souvienne de moi comme d'un vulgaire assassin. »

L'inspecteur et les deux détectives devaient-ils le

laisser raconter son histoire ? Ils en discutèrent non sans vivacité.

« Docteur, me demanda enfin l'inspecteur, croyez-vous qu'il y ait un danger imminent ?

— J'en suis sûr !

— Alors, notre devoir est clair ; dans l'intérêt de la justice, il nous faut recueillir sa déposition. Vous pouvez parler, monsieur ; mais je vous préviens encore une fois que nous enregistrons vos paroles.

— Avec votre permission, dit Hope, je m'assieds. Cet anévrisme me fatigue beaucoup, et la lutte de tout à l'heure ne m'a pas arrangé ! J'ai un pied dans la tombe. Et je n'ai aucune raison de mentir ! Tout ce que je vais vous dire est scrupuleusement vrai. L'usage que vous ferez de mes paroles, ça m'est égal. »

Jefferson Hope se renversa sur sa chaise et commença son récit. Il parla d'une manière calme et méthodique, comme s'il se fût agi de choses assez ordinaires. Je peux garantir l'exactitude du compte rendu qui suit ; je l'ai confronté avec les notes de Lestrade qui avait tout pris en sténo.

« Peu vous importe pourquoi je haïssais ces hommes. Je vous dirai seulement qu'ils étaient coupables du meurtre de deux personnes, le père et la fille, et qu'ils l'ont payé de leur vie. C'était un crime trop vieux pour que j'en appelle à un tribunal quelconque. Mais, comme je savais qu'ils étaient coupables, je décidai que je serais, à moi tout seul, le juge, le jury et le bourreau. Si vous avez du cœur au ventre, vous auriez agi comme moi.

« La jeune fille était ma fiancée il y a vingt ans. On la maria de force à Drebber ; elle en mourut, le cœur brisé. Je fis glisser l'alliance du doigt de la morte, et je me jurai de la mettre sous les yeux de son bourreau au moment de sa mort. Elle lui rappellerait son crime et il saurait pourquoi je le punissais. Je portais l'alliance toujours sur moi. J'ai cherché ce misérable et son complice à travers les deux continents. Enfin, j'ai pu les joindre. Ils avaient cru que je me fatiguerais, mais ils se sont trompés. Si je meurs demain, ce qui est probable, je mourrai content : ma tâche est faite et bien faite. Ils sont morts tous les deux de ma main. Il ne me reste plus rien à espérer, ni à désirer.

« Ils étaient riches et j'étais pauvre : il m'était difficile de les suivre. Quand j'arrivai à Londres, je n'avais plus le sou. Je me mis en quête d'un emploi. Conduire un cheval ou une voiture est pour moi une chose aussi naturelle que de marcher. J'allai donc chez un loueur qui m'employa. Chaque semaine, je devais remettre tant à mon patron. Le surplus était pour moi. C'était peu, mais je m'arrangeais pour joindre les deux bouts. Le plus difficile, c'était de m'orienter. Quel embrouillamini, Londres ! J'avais un plan sous la main, cependant ; quand je sus bien situer les gares et les principaux hôtels, cela commença à marcher. Je mis un certain temps à trouver le domicile de mes deux gentlemen. Je cherchai, cherchai... Ils étaient logés dans une pension à Camberwell, sur l'autre rive. Là, ils étaient à ma merci. J'avais une barbe : ils ne pouvaient pas me reconnaître. Je voulais les pister jusqu'au moment favorable. J'étais bien décidé à ne pas les laisser s'envoler ! Oh ! ils ont été bien près de le faire ! Pourtant, j'étais continuellement sur leurs talons. Parfois, je les suivais à pied ; d'autres fois, avec mon fiacre. Cette manière était la meilleure : alors ils ne pouvaient pas me semer. Ce n'était que tôt le matin et tard le soir que je pouvais gagner quelque chose. Je commençais à être en dette à l'égard du patron, mais ça m'était égal. La seule chose qui comptait était que je mette la main sur mes bonshommes. J'avais affaire à des gens rusés. Ils avaient sans doute peur d'être suivis, car ils allaient toujours ensemble ; et, la nuit tombée, ils ne sortaient plus, je les suivis avec mon fiacre quinze jours durant, et jamais je ne vis l'un sans l'autre. La moitié du temps Drebber était ivre, mais Stangerson veillait. J'avais beau les guetter, jamais l'ombre d'une chance ne se présenta. Je ne me décourageai pas. Quelque chose me disait que l'heure de la vengeance approchait. Ma seule crainte était que ce truc dans ma poitrine n'éclate un peu trop tôt, et que je n'aie pas le temps d'agir.

« Enfin, un soir que j'allais et venais sur Torquay Terrace — leur rue —, je vis un cab s'arrêter à leur porte. On le chargea de bagages ; puis Drebber et Stangerson montèrent et la voiture démarra. Je fouettai mon cheval et je les suivis de loin. Peut-être allaient-ils quitter Londres ? J'étais inquiet. Ils descendirent à la gare d'Euston. Je confiai mon cheval à un gamin et je les suivis sur le quai. Ils se renseignèrent sur l'heure des trains pour Liverpool. Un train venait justement de partir. Il n'y en aurait pas d'autre avant quelques heures. Stangerson parut très fâché de ce retard et Drebber content. J'étais si près d'eux, parmi la foule, que je pouvais entendre ce qu'ils disaient. Drebber avait une petite besogne à terminer ; il demanda à Stangerson de l'attendre : il ne serait pas long. Son compagnon lui rappela qu'ils étaient convenus de ne jamais se séparer. « Il s'agit d'une affaire délicate, dit Drebber, je dois être seul pour la traiter. » La réponse de l'autre m'échappa. Mais Drebber se mit à jurer ; entre autres, il rappela à son compagnon qu'il n'était que son employé. Il n'avait pas d'ordre à recevoir de lui, n'est-ce pas ? Le secrétaire le laissa partir. Il se contenta de demander qu'il le rejoigne à *Holiday's Private Hotel*, au cas où il manquerait le dernier train. Drebber répondit qu'il serait à la gare avant onze heures, et il partit.

« Enfin, mon jour était arrivé ! Mes ennemis étaient en mon pouvoir. A deux, ils pouvaient se protéger, mais, en se séparant, ils se livraient eux-mêmes. Pourtant, j'évitai toute précipitation. Mon plan était déjà arrêté. On ne savoure pas sa vengeance si la victime n'a pas le temps de reconnaître son juge ni de savoir par qui elle est frappée et pourquoi. Je m'étais arrangé pour bien faire comprendre au criminel qu'il expiait son péché.

« Le hasard me servit : quelques jours auparavant, un monsieur qui venait de visiter des appartements dans Brixton Road avait laissé tomber dans ma voiture la clef d'une de ces maisons. Le même soir, on me réclama cette clef. Mais j'avais eu le temps d'en relever l'empreinte et d'en faire exécuter une semblable. Ainsi, je possédais un endroit où agir librement, sans crainte d'être dérangé. Le problème était d'y amener Drebber.

« Sur son chemin, Drebber s'arrêta dans deux tavernes ; dans la dernière, il resta plus d'une demi-heure. Quand il en sortit, il titubait ; il était à moitié noir. Un fiacre passait. Il lui fit signe. Je le suivis de près : le nez de mon cheval à un mètre du sapin. Nous traversâmes le pont Waterloo et nombre de rues ; puis nous nous trouvâmes, à ma grande surprise, devant la pension de Drebber. Je ne pouvais pas m'imaginer pourquoi il retournait sur ses pas. Je stoppai ma voiture à environ cent mètres de là. Il entra dans la maison ; sa voiture partit... S'il vous plaît, donnez-moi un verre d'eau. J'ai la gorge sèche. »

Je lui tendis un verre qu'il vida d'un trait.

« Ça va mieux, dit-il.

« Donc, j'attendis. Un quart d'heure s'écoula. Soudain, un bruit de lutte : on se battait dans la maison. Peu après, la porte s'ouvrit brusquement et deux hommes apparurent : Drebber et un jeune que je n'avais jamais vu. Le type tenait Drebber au collet ; parvenu aux marches, il lui donna une bourrade et un coup de pied qui l'envoyèrent rouler sur la chaussée.

« Chien ! s'écria-t-il en brandissant sa canne, je vais t'apprendre à insulter une honnête fille ! » Il était furieux. Je pensais même qu'il allait s'acharner sur Drebber avec son gourdin. Mais le misérable s'échappa, il chancelait, mais il courait aussi vite qu'il le pouvait. Au coin de la rue, il bondit dans ma voiture. « Conduisez-moi à *Holiday's Private Hotel* », dit-il.

« De le savoir enfermé dans mon fiacre, mon cœur se mit à battre avec une telle violence que je craignis

que mon anévrisme ne me joue un mauvais tour. Je
partis très lentement ; je me demandais ce qu'il y
avait de mieux à faire. J'aurais pu le conduire dans
les champs, et là, dans un chemin désert, avoir avec
lui un dernier entretien. J'allais prendre ce parti,
mais il résolut tout seul le problème. Son envie de
boire l'avait repris. Il me fit arrêter devant un caba-
ret. Il me dit : « Attendez-moi », et il entra. Il resta là
jusqu'à la fermeture. Il en sortit ivre mort : il était à
moi !

« N'allez pas croire que je voulais le tuer de sang-
froid. En agissant ainsi, j'aurais fait bêtement justice. Je ne pouvais pas m'y résoudre. Je m'étais
décidé depuis longtemps à lui laisser une chance. Au
cours de ma vie errante, j'avais fait bien des métiers
en Amérique ! Pendant quelque temps, j'avais été
concierge et balayeur au laboratoire de York College.
Un jour, le professeur faisait un cours sur les poisons ; il montra aux étudiants un alcaloïde — c'est
son mot — ça sert à empoisonner les flèches en
Amérique du Sud ; son effet est violent. Il en faut
moins que rien pour provoquer une mort immé-
diate. Je remarquai bien la fiole ; une fois seul, j'en
soutirai un tout petit peu. J'étais un préparateur
assez adroit ; avec cet alcaloïde, je fabriquai deux
petites pilules solubles dans l'eau. Je mis chaque
pilule dans une boîte et j'y ajoutai une autre pilule
semblable, mais inoffensive. A ce moment, je décidai
que, dès que j'en aurais le possibilité, j'offrirais une
pilule à chacun de mes ennemis. Moi, j'avalerais
l'autre. Ce serait aussi meurtrier et plus silencieux
que de tirer dans un mouchoir. A partir de ce jour, je
portais toujours sur moi les deux petites boîtes.
J'allais donc m'en servir.

« Il était près d'une heure du matin. Un vent violent soufflait, la pluie tombait à torrents. Mais
malgré la tristesse alentour, je ressentais un tel bonheur que je me retenais avec peine de crier ma joie.
Messieurs, si pendant plus de vingt ans vous avez
poursuivi un but, et si, tout à coup, vous voyez que

vos désirs sont sur le point de se réaliser, vous comprendrez mes sentiments. J'allumai un cigare pour me calmer : mes mains tremblaient, mes tempes battaient. Chemin faisant, je voyais dans l'obscurité, aussi distinctement que je vous vois ici, le vieux John Ferrier et ma douce Lucy qui me souriaient. Ils m'accompagnèrent durant tout le trajet, l'un à droite, l'autre à gauche de mon cheval jusqu'à notre arrivée à la maison de Brixton Road. Là, il n'y avait pas un chat ; on n'entendait pas d'autre bruit que le clapotement de la pluie. Par la portière, je vis Drebber tassé sur lui-même, dormant à poings fermés. Je le secouai par le bras.

« Il faut sortir de là !

« — Voilà, voilà ! » répondit-il.

« Sans doute se croyait-il arrivé à l'hôtel, car il descendit sans rien dire et me suivit dans le jardin. Je dus le soutenir, car il perdait l'équilibre. La porte franchie, je le fis entrer dans la chambre de devant. Je puis vous jurer que, pendant tout ce temps, je voyais le père et la fille nous montrer le chemin.

« Il fait noir comme dans un four ! dit-il en tâtonnant.

« — Nous allons y voir », répondis-je.

« Je grattai une allumette ; j'enflammai une bougie que j'avais apportée.

« Maintenant, Enoch Drebber, me reconnaissez-vous ? » criai-je.

« Je m'étais tourné vers lui et j'avais approché la bougie de mon visage. Ses troubles yeux d'ivrogne me regardèrent, s'emplirent d'horreur, et ses traits se crispèrent. Il m'avait reconnu ! Il se rejeta en arrière, pâle comme un mort ; je vis des gouttes de sueur sur son front ; ses dents claquaient. Appuyé contre la porte, j'éclatai de rire. J'avais toujours pensé que la vengeance me serait douce, mais je n'avais jamais espéré ressentir une telle joie.

« Chien ! m'écriai-je. Je t'ai suivi depuis Salt Lake City jusqu'à Saint-Pétersbourg et tu m'as toujours échappé. Mais enfin, te voici arrivé au terme de tes voyages : il faut que l'un de nous meure avant l'aube ! »

« A ces mots, il recula encore, et je vis à son air qu'il me croyait fou. En fait, je l'étais. Mes artères me battaient aux tempes comme des marteaux. J'aurais eu une attaque si je n'avais abondamment saigné du nez.

« Te rappelles-tu Lucy Ferrier ? hurlai-je en fermant la porte et en agitant la clef sous son nez. L'expiation s'est fait attendre, mais elle arrive ! » Je vis ses lèvres trembler. Il m'aurait supplié de l'épargner s'il ne s'était pas rendu compte qu'il ne pourrait pas me fléchir.

« Oseriez-vous m'assassiner ? bégaya-t-il.

« — T'assassiner ! On n'assassine pas un chien enragé ! As-tu pris en pitié ma fiancée quand tu l'as arrachée à son père pour l'entraîner dans ton harem infâme ?

« — Ce n'est pas moi qui ai tué son père, hurla-t-il.

« — Mais c'est toi qui as brisé le cœur de Lucy ! »

« Je criai plus fort que lui, puis je lui tendis la petite boîte de pilules.

« Que le Dieu tout-puissant soit notre juge ! Choisis et avale. Une de ces pilules contient un poison mortel, l'autre est inoffensive. Je prendrai celle que tu laisseras. Nous allons voir s'il y a une justice en ce monde ou si nous sommes seulement menés par le hasard. »

« Il s'agenouilla avec des hurlements sauvages ; il me suppliait de l'épargner. Je tirai mon couteau, je le lui mis sur la gorge pour le faire avaler la pilule. Je pris l'autre pilule et nous restâmes face à face quelques instants. Qui de nous deux mourrait ? Je n'oublierai jamais son expression lorsque l'empoisonnement s'annonça. J'éclatai de rire, et lui montrai l'alliance de Lucy. Mais l'effet de l'alcaloïde fut foudroyant. Un spasme douloureux tordit ses traits, il étendit les bras, tituba, puis, avec un cri rauque, il s'effondra. Du pied, je le retournai et je mis la main sur sa poitrine : aucun battement. Il était mort !

« Pendant tout ce temps, mon nez avait saigné ; je ne m'en étais pas occupé. Je ne sais pas l'idée qui me prit d'écrire avec mon sang sur le mur ! Je me sentais joyeux, le cœur léger, et j'imaginai de jouer ce bon tour à la police. Je me souvenais qu'à New York, on avait trouvé le mot *Rache* écrit sur le corps d'un Allemand assassiné. Et les journaux de l'époque avaient accusé les sociétés secrètes. Ce qui avait intrigué les New-Yorkais, pensais-je, intriguerait autant les Londoniens ! Alors, je trempai mon doigt dans mon sang et j'écrivis le mot sur le mur, bien en vue. Je regagnai mon fiacre. Il n'y avait personne. Le temps était toujours abominable. J'avais déjà fait un bout de chemin, quand je m'aperçus que je n'avais plus l'alliance de Lucy. Cette découverte me fut un coup terrible, je n'avais d'elle que ce souvenir. J'avais dû la perdre en me penchant sur le cadavre. Je fis demi-tour, et, après avoir laissé ma voiture dans une rue transversale, je courus à la maison, car je voulais retrouver l'anneau coûte que coûte. Je tombai pile sur un agent qui sortait de là ; il me fallut jouer l'ivresse pour ne pas être soupçonné.

« C'est ainsi que mourut Enoch Drebber. Pour venger la mort de John Ferrier, il ne me restait plus qu'à en faire autant à Stangerson. Je savais qu'il résidait à *Holiday's Private Hotel* ; toute la journée, je flânai autour. Mais l'homme resta caché. Sans doute, n'ayant pas vu revenir Drebber à la gare, se méfiait-il. Ce Stangerson était malin et toujours sur le qui-vive. Mais il se trompait absolument s'il espérait m'échapper en restant à l'hôtel. Je repérai bientôt la fenêtre de sa chambre. Le lendemain, au petit jour, à l'aide d'une échelle qui se trouvait là, j'y grimpai. Je réveillai Stangerson.

« Ta dernière heure est venue, lui dis-je. Tu vas payer pour le crime que tu as commis autrefois. » Je lui racontai la fin de Drebber et je lui offris les pilules. Au lieu d'accepter cette planche de salut, il se précipita hors de son lit et me sauta à la gorge. En état de légitime défense, je lui portai un coup de couteau en plein cœur. N'importe comment, il devait mourir. Sa main était criminelle ; la Providence lui aurait fait choisir le poison.

« Je n'ai plus grand-chose à dire... Heureusement, parce que je suis à bout ! Pour retourner en Amérique, il me fallait un peu d'argent. J'ai continué mon métier de cocher. Tout à l'heure, j'étais dans la cour, un gamin tout déguenillé est venu me dire qu'un monsieur habitant au numéro 221 b, de Baker Street réclamait une voiture. Sans rien soupçonner, je m'y suis rendu. Pas le temps de dire ouf ! Ce jeune homme m'avait déjà passé les menottes... Voilà toute mon histoire, messieurs ! Vous pouvez me prendre pour un meurtrier ; moi, je soutiens que je suis, tout comme vous, un justicier. »

Nous avions écouté en silence ce récit bouleversant. Les détectives officiels, tout blasés qu'ils fussent, avaient suivi avec un intérêt visible la confession de Jefferson Hope. Un silence tomba, troublé seulement par le crayon de Lestrade qui prenait ses dernières notes en sténo.

« Quelque chose encore, dit à la fin Sherlock Holmes. Qui était votre complice, cet homme qui est venu réclamer la bague après l'annonce passée dans les journaux ? »

Avec un clin d'œil, le prisonnier répliqua :

« Je peux révéler mes secrets, mais je ne voudrais pas causer d'ennui à d'autres. J'ai lu votre annonce ; j'étais perplexe. S'agissait-il d'un piège ou bien aviez-vous véritablement trouvé l'alliance ? Mon ami eut l'obligeance d'aller voir. Avouez qu'il a rempli sa mission avec adresse ?

— Tout à fait de votre avis ! reconnut franchement Holmes.

— A présent, messieurs, déclara solennellement l'inspecteur, il faut se conformer au règlement. Jeudi prochain, le prisonnier comparaîtra devant les juges. Votre présence sera requise. D'ici là, je suis responsable de cet homme. »

Il sonna. Sur son ordre, deux gardiens emmenèrent Jefferson Hope. Holmes et moi quittâmes le poste. Un fiacre nous ranema à Baker Street.

XIV

CONCLUSION

Nous avions tous été assignés à comparaître devant les juges, le jeudi suivant ; mais, quand ce jour arriva, ils n'avaient plus besoin de notre témoignage : un juge supérieur avait pris l'affaire en main. Jefferson Hope avait été appelé devant un tribunal où justice lui aura été pleinement rendue. Son anévrisme se rompit dans la nuit qui succéda à son arrestation ; on le trouva étendu sur le pavé de sa cellule ; son visage conservait un calme sourire, comme si, au moment de sa mort, il avait pu constater que sa vie n'avait pas été inutile, et que sa tâche avait été accomplie.

« Gregson et Lestrade vont être fous de rage, avec cette mort ! me dit Holmes, le lendemain matin. Quelle publicité ils perdent là !

— Il me semble pourtant que, dans cette affaire, ils n'ont pas fait grand-chose ! répondis-je.

— Ce que vous faites n'a pas d'importance aux yeux du public, repartit mon compagnon avec amertume. Ce qui compte, c'est ce que vous lui faites croire !... Tant pis d'ailleurs ! reprit-il sur un ton de meilleure humeur, après un moment de silence. Pour rien au monde je n'aurais voulu manquer cette enquête. Le cas était des plus intéressants. Tout simple qu'il était, il présentait beaucoup de points instructifs.

— Simple ? m'écriai-je.

— Comment le qualifier autrement ? demanda Sherlock Holmes en souriant. Il était essentiellement simple ; et la preuve, c'est qu'un très petit nombre de déductions faciles m'a permis de prendre le criminel en moins de trois jours.

— C'est vrai !

— Je vous ai déjà expliqué qu'un fait hors de l'ordinaire est plutôt un indice qu'un embarras. Pour résoudre un problème de cette nature, le principal est de savoir raisonner à rebours. C'est un art très utile, qui est peu pratiqué. On le néglige parce que la vie de tous les jours fait appel plus souvent au raisonnement ordinaire. Pour cinquante personnes capables d'un raisonnement synthétique, à peine en est-il une qui sache faire un raisonnement analytique.

— Je ne vous suis pas trop bien, avouai-je.

— J'aurais été surpris du contraire... Voyons, si je peux m'expliquer plus clairement. Je suppose que vous racontiez une série d'événements à un groupe de personnes, et que vous leur demandiez de vous en dire la suite ; elles les repasseront dans leur esprit et la plupart d'entre elles trouveront ce qui en découle. Maintenant, le contraire : vous leur donnez d'abord la fin d'une autre série d'événements ; combien pourront en inférer la série ? Fort peu. C'est cette dernière opération que j'appelle le raisonnement analytique ou le raisonnement à rebours.

— J'ai compris, dis-je.

— Or, dans cette affaire, ce qui était donné, c'était le résultat ; il s'agissait d'en inférer le reste. Voici quel a été mon raisonnement. Commençons par le commencement. J'approchai de la maison, comme vous savez, à pied, et l'esprit parfaitement libre de tout préjugé. D'abord, naturellement, j'examinai la route. Comme je vous l'ai déjà dit, je découvris la trace d'un fiacre qui avait dû passer la nuit là — l'enquête vérifia ce fait, du reste. Je m'assurai que c'était bel et bien un fiacre et non une voiture de maître par l'étroit écartement des roues : le fiacre londonien est, en général, moins large que le coupé d'un gentleman.

« Je tenais une première donnée. Ensuite, je marchai lentement dans l'allée du jardin. Le sol argileux semblait fait exprès pour retenir les empreintes. Où vous ne voyiez sans doute que de la boue piétinée comme à plaisir, mes yeux exercés interprétaient les moindres marques. Il n'existe pas, dans la science du détective, une branche aussi négligée que l'examen des vestiges. Par bonheur j'ai tant pratiqué cet art qu'il est devenu chez moi une seconde nature. Je remarquai les empreintes profondes des agents de police, mais je distinguai encore celles de deux hommes qui avaient traversé le jardin avant eux. Il était évident qu'ils y avaient passé les premiers : de place en place, leurs pas avaient été effacés par les pas des autres. Ainsi j'établis un second fait d'après lequel les visiteurs nocturnes étaient au nombre de deux, l'un d'une haute stature — calculée sur la longueur des enjambées — et l'autre, vêtu d'une manière *fashionable*, à en juger par l'empreinte élégante de son soulier.

« Cette dernière déduction se confirma quand j'entrai dans la maison. L'homme coquettement chaussé gisait devant moi. Par conséquent, c'était l'autre, je veux dire le grand, qui avait commis le meurtre, si meurtre il y avait. Le cadavre ne présentait aucun signe de blessure ; en revanche, son expression tourmentée laissait croire qu'il avait vu la mort s'approcher : celle d'un homme emporté par une crise cardiaque ou par toute autre cause naturelle ne traduit jamais une semblable agitation. Je flairai les lèvres. Il s'en exhalait une odeur aigrelette ; j'en inférai qu'il avait été empoisonné de force. Qu'il l'eut été de force se devinait d'après son visage à la fois haineux et terrifié. C'est par la méthode d'exclusion que j'étais arrivé à ce résultat ; en effet, aucune autre hypothèse ne s'ajustait aux faits. D'ailleurs, ne vous imaginez pas que l'idée de faire prendre du poison de force soit bien nouvelle : elle se retrouve dans les annales du crime. Tout toxicologue se rappellera les cas de Dolsky, à Odessa, et de Leturier, à Montpellier.

« Quel était le motif ? voilà le hic ! Ce ne pouvait pas être le vol : on n'avait rien pris. La question se posait donc ainsi : était-ce la politique ou une femme ? Cette dernière supposition m'apparut de prime abord comme étant la bonne. Sitôt sa besogne accomplie, l'assassin politique file. Au contraire, l'assassin que je cherchais avait pris son temps ; de plus, il avait négligé toute précaution ; témoin les nombreuses traces laissées dans la pièce par lui. La politique étant hors de cause, cette vengeance méthodique avait dû être provoquée par une offense personnelle. L'inscription sur le mur, cet attrape-nigaud, ne réussit qu'à me confirmer dans mon idée, et ensuite la découverte de l'alliance me donna raison. Sans aucun doute, le meurtrier s'en était servi pour rappeler à sa victime une femme absente, sinon morte. A ce moment-là, je posai une question à Gregson ; dans son télégramme à Cleveland, avait-il demandé si Drebber avait eu des histoires dans le passé ? Il me répondit que non, vous vous souvenez.

« L'examen minutieux de la pièce confirma mon hypothèse sur la stature du meurtrier ; en outre, il me fournit des détails sur les cendres de son cigare et la longueur de ses ongles. Etant donné l'absence de toute trace de lutte, j'en étais arrivé à la conclusion que le sang répandu sur le parquet avait coulé du nez du meurtrier dans son énervement. La traînée de sang suivait la trace de ses pas. C'est en général, chez les tempéraments sanguins qu'une violente colère provoque un tel accident. Je hasardai que le criminel était un type robuste avec un visage haut en couleur. Je ne me trompais pas, comme on l'a vu par la suite.

« Une fois dehors, je me dépêchai de faire ce que Gregson avait négligé : je télégraphiai au chef de la police de Cleveland pour savoir dans quelles circonstances Enoch Drebber s'était marié. La réponse fut concluante.

« J'appris que Drebber avait déjà invoqué la protection de la loi contre un ancien rival, Jefferson Hope, actuellement en Europe. Là, je tenais la clef du mystère ; il ne me restait plus qu'à prendre le meurtrier.

« C'était le conducteur du fiacre qui était entré dans la maison avec Drebber ; j'en avais la certitude. Les marques sur la route montraient que le cheval avait erré à droite et à gauche ; il avait donc été livré à lui-même. Pendant ce temps, où se trouvait le cocher, sinon dans la maison ? Or, un homme sensé n'aurait pas commis délibérément son crime en présence d'un tiers ! Enfin, pour qui veut pister quelqu'un à Londres, le métier de cocher est tout indiqué ! Ma conclusion : Jefferson Hope était un cocher de la capitale.

« En admettant qu'il fût cocher, il ne changerait sans doute pas de métier, du moins pour l'instant, afin de ne pas attirer l'attention sur lui. Vraisemblablement, il continuerait à exercer quelque temps encore. Mais prendrait-il un faux nom ? C'était bien improbable : personne à Londres ne le connaissait. J'organisai une bande de gamins en corps de détectives et, systématiquement, je les envoyai chez tous les loueurs de voitures, jusqu'au moment où ils me dénichèrent mon homme. Leur réussite et le parti que j'en tirai aussitôt sont encore présents à votre mémoire. Quant au meurtre de Stangerson, je ne l'avais pas prévu. En tout cas, il n'y avait pas moyen de l'empêcher. Alors j'entrai en possession des pilules que j'avais devinées. Voilà. Tout n'est qu'un enchaînement de déductions.

— C'est merveilleux ! m'écriai-je. Il faut que vos mérites soient reconnus. Publiez un compte rendu de cette affaire. Si vous ne le faites pas, moi, je le ferai !

— A votre idée, docteur ! répondit-il. Tenez ! » continua-t-il en me tendant un journal.

C'était l'*Echo* du jour, et le paragraphe qu'il me signalait avait trait à l'affaire :

Le public a été frustré d'un régal sensationnel par la mort subite du dénommé Hope, l'assassin présumé de MM. Enoch Drebber et Joseph Stangerson. Par suite de ce dénouement, on ignorera sans doute toujours les détails de cette affaire. Cependant, nous savons de bonne source que le crime a été la conclusion d'une vieille et romantique inimitié, où l'amour et le mormonisme ont joué un rôle. Les deux victimes ont fait partie, dans leur jeune âge, des Saints des Derniers Jours, et Hope, le détenu qui vient de mourir, venait lui-même de Salt Lake City. A tout le moins, cette affaire aura servi à mettre en lumière de la façon la plus frappante la valeur de notre police, et elle fera comprendre à tous les étrangers que, désormais, ils feront bien de vider leurs querelles dans leurs pays respectifs plutôt que sur le sol britannique. C'est le secret de Polichinelle que le mérite de cette prompte arrestation revient entièrement aux célèbres détectives de Scotland Yard, MM. Lestrade et Gregson. L'individu a, paraît-il, été appréhendé dans l'appartement d'un certain M. Sherlock Holmes, qui a lui-même fait preuve de quelque talent comme détective amateur, et qui, avec de tels maîtres, peut espérer rivaliser un jour avec leur compétence. On s'attend à ce qu'une décoration soit attribuée aux deux agents en juste reconnaissance de leurs services.

« Ne vous l'avais-je pas dit ? s'écria Sherlock Holmes en riant aux éclats. Voilà tout le résultat de notre *Etude en rouge :* nous avons décroché pour ces messieurs une décoration !

— Peu importe ! répondis-je. Tout est consigné dans mes notes, et le public jugera. Pour l'instant, contentez-vous de la bonne conscience que vous donne votre réussite, tel le pauvre Romain :

« *Populus me sibilat, at mihi plaudo*
Ipse domi simul ac nummos contemplar in arca [1]. »

---

1. « Peu importe que le public me siffle ; moi je m'applaudis à domicile en contemplant les pièces contenues dans mon coffre. »

Table

Dans Le Livre de Poche policier

Extrait du catalogue

Le Livre de Poche / Thrillers

Extrait du catalogue

Adler *Warren*
La Guerre des Rose

Attinelli *Lucio*
Ouverture sicilienne

Bar-Zohar *Michel*
Enigma

Benchley *Peter*
Les Dents de la mer

Blankenship *W.*
Mon ennemi, mon frère

Breton *Thierry*
Vatican III

Breton *Thierry* et **Beneich** *Denis*
Softwar « La Guerre douce »

Camp *Jonathan*
Trajectoire de fou

Carré *John le*
Comme un collégien
La Petite Fille au tambour

Clancy *Tom*
Octobre rouge
Tempête rouge
Jeux de guerre
Le Cardinal du Kremlin
Danger immédiat
Somme de toutes les peurs

Coatmeur *Jean-François*
Yesterday
Narcose
La Danse des masques

Cook *Robin*
Vertiges
Fièvre
Manipulations
Virus
Danger mortel
Syncopes
Sphinx
Avec intention de nuire
Naissances sur ordonnance

Cooney *Caroline B.*
Une femme traquée

Coonts *Stephen*
Le Vol de l'Intruder
Dernier Vol
Le Minotaure

État de siège

Corbin *Hubert*
Week-end sauvage

Cornwell *Patricia*
Mémoires mortes
Et il ne restera que poussière
Une peine d'exception

Crichton *Michael*
Sphère

Cruz Smith *Martin*
Gorky Park
L'Étoile Polaire

Curtis *Jack*
Le Parlement des corbeaux

Cussler *Clive*
L'Incroyable Secret
Panique à la Maison Blanche
Cyclope
Trésor
Dragon
Sahara

Daley *Robert*
L'Année du Dragon
La Nuit tombe sur Manhattan
L'Homme au revolver
Le Prince de New York
Le Piège de Bogota

Deighton *Len*
Prélude pour un espion
Fantaisie pour un espion
Fugue pour un espion

Devon *Gary*
Désirs inavouables

Dibdin *Michael*
Coups tordus
Cabale

Dickinson *William*
Mrs. Clark et les enfants du diable
De l'autre côté de la nuit
    (Mrs. Clark à Las Vegas)

Dorner *Marjorie*
Plan fixe

Dunne *Dominick*
Une femme encombrante

Easterman *Daniel*
Le Septième sanctuaire

Erdmann *Paul*
La Panique de 89

Fast *Howard*
La Confession de Joe Cullen

Feinmann *José Pablo*
Les Derniers jours de la victime

Fielding *Joy*
Qu'est-ce qui fait courir Jane ?

Follett *Ken*
L'Arme à l'œil
Triangle
Le Code Rebecca
Les Lions du Panshir
L'Homme de Saint-Pétersbourg

Folsom *Alan*
L'Empire du mal

Forsyth *Frederick*
Le Quatrième Protocole
Le Négociateur
Le Manipulateur
L'Alternative du diable

Gernicon *Christian*
Le Sommeil de l'ours

Giovanni *José* et **Schmitt** *Jean*
Les Loups entre eux

Goldman *William*
Marathon Man

Graham *Caroline*
Meurtres à Badger's Drift

Granger *Bill*
Un nommé Novembre

Hayes *Joseph*
La Maison des otages

Heywood *Joseph*
L'Aigle de Sibérie

Hiaasen *Carl*
Cousu main

Higgins *Jack*
Solo
Exocet
Confessionnal
L'Irlandais
La Nuit des loups
Saison en enfer
Opération Cornouailles
L'Aigle a disparu
L'Œil du typhon
L'Aigle s'est envolé

Higgins Clark *Mary*
La Nuit du renard
La Clinique du docteur H
Un cri dans la nuit
La Maison du guet

Le Démon du passé
Ne pleure pas ma belle
Dors ma jolie
Le Fantôme de Lady Margaret
Recherche jeune femme aimant
    danser
Nous n'irons plus au bois

Highsmith *Patricia*
L'Homme qui racontait des histoires

Huet *Philippe*
Quai de l'oubli

Hunter *Stephen*
Target

Kakonis *Tom*
Chicane au Michigan

Katz *William*
Fête fatale

Kerlan *Richard*
Sukhoï
Vol sur Moscou

King *Stephen*
Dead Zone

Klotz *Claude*
Kobar

Kœnig *Laird*
La Petite Fille au bout du chemin

Koontz *Dean R.*
La Nuit des cafards

Lenteric *Bernard*
La Gagne
La Guerre des cerveaux
Substance B
Voyante

Le Roux *Gérard* - **Buchard** *Robert*
Fumée verte
Fumée rouge

Lorlot *Noëlle*
L'Inculpé

Ludlum *Robert*
La Mémoire dans la peau
Le Cercle bleu des Matarèse
Osterman week-end
L'Héritage Scarlatti
Le Pacte Holcroft
La Mosaïque Parsifal, *t. 1 et 2*
La Progression Aquitaine
La Mort dans la peau
La Vengeance dans la peau
Une invitation pour Matlock
Sur la route de Gandolfo
L'Agenda Icare
L'Echange Rhinemann

MacDonald *Patricia J.*
Un étranger dans la maison

IMPRIMÉ EN FRANCE PAR BRODARD ET TAUPIN
La Flèche (Sarthe).
N° d'imprimeur : 3700 – Dépôt légal Édit. 5426-08/2000
LIBRAIRIE GÉNÉRALE FRANÇAISE - 43, quai de Grenelle - 75015 Paris.
ISBN : 2 - 253 - 09810 - 8